俄罗斯当代女性文学作品集

王金玲◎主编

［俄］娜杰日达·瓦西里耶娃 等◎著

王金玲 吕翠媛 原丽莹 等◎译

西苑出版社
XIYUAN PUBLISHING HOUSE

·北京·

前 言

俄罗斯当代女性文学作为一种独立的文学体裁诞生于20世纪80年代末90年代初，至今，学界对于女性撰写的文学作品是否应该成为一种独立的文学体裁依然争论不休。在俄罗斯文学界，从20世纪90年代起，开始使用“性别”这一术语来阐释女性文学这一现象。各学科领域关于性别特征的研究表明，传统上被认为是男性或女性的行为和心理特征，其实不过是一种性别角色模型和社会文化结构（Зумбулидзе, 2011, с. 21）。“性别”这一概念的使用恰恰使人们更加关注男性和女性之间在生理、心理、社会和文化特征方面的异同（Мелешко, 2001, с. 8）。在当代文学发展的大背景下，女性文学的界定是需要满足几个必要条件的：一是作者必须是女性，二是核心主人公必须是女性，三是作品涉及的问题必须与女性命运相关，四是作品必须体现出女性对世界的看法和女性的心理特征。在俄罗斯，直到20世纪末，女性文学才被正式确定为一种独立的文学体裁（Зумбулидзе, 2011:21）。

当今的俄罗斯女性文学已经作为一种稳定的文学现象，成为俄罗斯文学界广泛关注和研究的对象。文学界一致认为，俄罗斯女性文学也与其他文学体裁一样，旨在寻求艺术中的新关系以及描述它们的新方法。俄罗斯著名文艺批评家和女性作家斯拉夫尼科娃（Славникова О.）认为，女性作家们总是能率先开辟出文学创作的新方向（2000：173）。俄罗斯女性文学今天的繁荣也证明了这一文学体裁的成就和未来发展趋势。但是，很多文艺批评界人士提出，不应该在区分男性文学和女性文学的框架下来审视女性文学，而应该把它看作女性作家对文学创作遗产中个性化创作风格和独特创作体系的继承和发展。加芙里琳娜（Гаврилина О.В.）认为，女性文学至少应该包含两个层面的意义："从广义上看，女性文学是指女性作家创作的所有类型的文学作品，无论作家在作品中是否倡导男女平等思想或是否遵照父权社会的创作传统；从狭义上看，女性文学是指对人类的传统共性问题（生与死、情感与责任、人与自然的相互关系、家庭观念等）表现出女性独特视角和观点的作品。"（2009：107）

女性文学创作反映出女性作家追求理想的热切而痛苦的探索历程，因为这是每个寻求真理的作家创作的主要宗旨所在。俄罗斯女性文学总结了一个世纪以来俄罗斯文学发展的美学探索和文艺创作的实验成果，开辟出未来文化发展的趋势和前景。俄罗斯当代女性文学史上出现了很多优秀的女性作家，如柳德米拉·彼得鲁舍夫斯卡娅、塔吉亚娜·托尔斯泰娅、柳德米拉·乌利茨卡娅、维克托利亚·托卡列娃等，以及各类体裁和题材的女性文学作品，包括社会心理题材长篇小说、感伤主义类长篇小说、人物传记类长篇小说、短篇小说、随笔、中篇小说等。俄罗斯当代女性文学的典型特征是具有高度的政论性、高度的社会矛盾针对性和强烈的情感色彩。女性作家作品的常见主题与理想、幸福、爱情及童年相关，更加关注家庭矛盾、童年与成年生活的反差、逝去的童年生活的美好、个人存在的价值与意义、个人与社会的关系、小人物的困惑等问题，展现新的女性形象、新的现实主义思想和独特的艺术表现手法。当代女性的新形象反映出当代女性积极的生活态度与传统女性温柔和坦率特征的完美结合。正如柳德米拉·乌利茨卡娅（Улицкая Л.）在一次采访中所说：“女人和男人的世界是不同的，虽然有些地方有交叉，但不可能完全交叉。”(2000：230) 俄罗斯当代女性文学是一种全新的体裁，对当代社会新矛盾的关注是俄罗斯当代女性文学创作的主要趋势。对女性文学的研究将进一步促进女性文学在整个文学进程中的认同和发展。

后苏联时代的俄罗斯文学分为三个层次：大众文学、崇高文学和消遣文学。每一个层次的文学创作领域都有一批有影响力的代表性作家。1980—2000年，最具影响力的女性作家有彼得鲁舍夫斯卡娅、托尔斯泰娅、乌利茨卡娅、斯拉夫尼科娃、维什涅维茨卡亚、波梁斯卡娅、托卡列娃、谢尔巴科娃、戈尔拉诺娃、瓦西连科、萨杜尔等。

纵观俄罗斯女性作家的作品，我们发现，俄罗斯有影响力的女性作家不仅善于创作两性关系题材的作品，还善于创作侦探和惊险题材的作品。这些作家包括托卡列娃、谢尔巴科娃、瓦涅耶娃、波梁斯卡娅、乌斯季诺娃等深受大众欢迎的女性作家。学界对于女性作家创作的题材、艺术形象和传统主题等特点也进行了阶段划分：1980—1990年这一时期，女性作品的主题仍然围绕传统的女性问题，包括日常生活、家庭、婚姻、爱情等。与此同时，这一时期的女性创作也有了一些创新点，主要表现在作家对周围世界的特殊态度以及通过女性心理和生活经历对现实问题的深入思考。世纪之交，俄罗斯女性文学作为总体文学创作的重要组成部分，呈现出艺术水平高和体裁、情节和题材多样化的特点，形成了女性文学的后现代主义流派。其代表人物包括彼得鲁舍夫斯卡娅，托尔斯卡娅，乌利茨卡娅、斯拉夫尼科娃、波梁斯卡娅、谢尔巴科娃等。

进入21世纪以来，世界各国的女性文学都进入快速发展的阶段，越来越多的俄罗斯女性作家获得各类国际和俄罗斯国内设置的文学奖项，甚至在最受读者欢迎图书的排行榜中也名列前茅。女性文学发展的新浪潮和文学新秀的出现引起了文学、哲学、社会学、心理学等领域专家学者的广泛关注。

近年来，俄罗斯又出现了一大批年轻的女性作家，她们在继承和发扬女性创作永恒主题的基础上不断探索女性文学创作与发展的新方向、新形式和新思路。近三十年来，俄罗斯女性作家作品的文集已出版了几十部，其中由俄罗斯作家协会和俄罗斯新闻工作者协会于2012年联合发起的“阿赫玛托娃女性创作文艺奖”一举成为轰动俄罗斯文化生活的一件大事。此后，俄罗斯作家协会又陆续出版了两卷本的女性文学作品集《我教会了女人该如何讲话……》，这再一次证明，女性作家的创作不是宫廷骑士文学即男性文学的点缀和花饰，而成为俄罗斯当代文学不可分割的重要组成部分。没有女性的声音，当代文学就不完整。在俄罗斯这样一个多民族的幅员辽阔的国家，不同时代的女性作家在描述千变万化的世界的过程中不断探索新方向，在快速发展的生活中不断书写着重要的人生感悟，为人们重新认识世界、理解世界开辟出新的道路。

“俄罗斯当代女性文学作品集”是长春大学俄语教师翻译团队获得教育部2019年中俄人文交流项目支持的系列成果之一。近年来，长春大学俄语教师翻译团队已形成了鲜明的文学翻译特色，依托教育部中俄艺术教育研究中心、叶塞宁文化教育中心、孔子学院等国际合作平台，相继获得了吉林省中俄人文交流专项、俄罗斯世界基金会翻译项目、教育部国别区域研究项目、教育部中俄人文交流项目等一系列翻译与中俄人才交流项目经费的支持，相继完成了“十九世纪末二十世纪初俄罗斯文学作品选集”（三卷本）、“俄罗斯当代远东文学作品选集”（两卷本）、“俄罗斯当代生态文学作品集”（八卷本）、“俄罗斯儿童文学作品选集”（两卷本）、“俄罗斯当代作家作品专号”（2016年、2018年《作家》杂志）、“俄罗斯当代话剧选集”及“大型油画的保存与修复”等文学和艺术类翻译项目。与此同时，长春大学在中华学术外译、中俄关系史研究、中国俄罗斯侨民文学研究、“一带一路”沿线国家国情文化研究等领域也取得了一系列翻译和研究成果，形成了不同翻译方向的师生合作团队，展示了学校俄语教师团队在俄语高端翻译人才培养方面的优势和特色，凝聚了长春大学俄语师资团队在文学翻译、应用翻译和高端翻译人才培养领域不断探索、精益求精的精神。

“俄罗斯当代女性文学作品集”收录的女性作家作品来自俄罗斯作家协会出版社出版的《母亲们和女儿们》，作品集收录了俄罗斯作家协会中45位女性会员的45部作品。值得一提的是，这些作家不仅是新老两代女性作家的代表，而且其中不乏很多母亲和女儿同时为女性作家的代表，如妮娜·维谢洛娃和阿娜斯塔西亚·阿斯塔菲耶娃，塔基亚娜·娜巴特尼科娃和阿格拉娅·娜巴特尼科娃，斯维特兰娜·莫索娃和阿琳娜·奥布赫等。在这些作品中，很多作家描述了自己的亲身经历，提出了自己对现实世界人与人之间关系变化的看法，揭示出当今世界的新时代特征和传统文化观念逐渐淡化与消逝的事实，旨在引起读者对母性及亲情关系、情感教育、克服自身弱点和对理想信念不懈追求等问题的深入思考。这些作品不仅讲述了母亲们对女儿们的教育和培养过程，也讲述了女儿们对母亲们的一些行为的不满以及她们之间矛盾与不和谐产生的深层次原因。对不同时代女性之间复杂的亲情关系及其悲剧的探索，目前还是一片尚未开垦的处女地。国家的历史就像看不见的经纬线一样贯穿于她们的命运之中，这些作品中不乏关注苏联解体后移居到世界各地的俄罗斯女性的命运和生活困境的题材。

希望这套“俄罗斯当代女性文学作品集”的出版能够引起我国文学界对俄罗斯女性作家作品研究的关注和重视，为中俄当代文学文化交流做出更大贡献。

王金玲

2021 年 11 月 11 日

参考文献

1. Гаврилина О.В. Чувство природы как один из способов создания образа героини в женской прозе //Вестник Ленинградского государственного университета им.А.С.Пушкина. 2009. – № 2 (26). - с.105-114.
2. Зумбулидзе, И. Г. «Женская проза» в контексте современной литературы / И. Г. Зумбулидзе. // Современная филология : материалы I Междунар. науч. конф. (г. Уфа, апрель 2011 г.). — Уфа : Лето, 2011. — С. 21-23. — URL: https://moluch.ru/conf/phil/archive/23/409/ (дата обращения: 27.10.2021).
3. Мелешко Т. Современная отечественная женская проза: проблемы поэтики в гендерном аспекте. Учебное пособие по спецкурсу. - Кемерово: Кемеровский гос. ун-т, 2001, 88 с.
4. Славникова О. Та, что пишет, или Таблетка от головы // Октябрь. 2000. №3. с.169-174.
5. Улицкая Л. Принимаю всё, что дается: интервью // Вопросы литературы. 2000. № 1. с. 215-237.

目 录

СОДЕРЖАНИЕ

劫　难

Чаша сия

娜杰日达·瓦西里耶娃 著
吕翠媛 译

娜杰日达·瓦西里耶娃

Надежда Васильева

娜杰日达·瓦西里耶娃，1954年9月生于圣彼得堡，童年和青年时代在普斯科夫州蒲柳斯克区利亚德村度过。毕业于普斯科夫国立师范大学外语系，曾担任卡累利阿中学的英语和德语老师。自1989年起，开始在彼得罗扎沃斯克任“基日”保护区博物馆导游和翻译，成为别洛焦尔斯克国家公园旅游区首席专家。1996年起加入俄罗斯作家协会。著有《请自己判断》《拉尔夫在克里佳那儿做客》《当天使在歌唱》《桎梏》《我想说……》《罗姆卡·杨塔廖夫的33个愿望》《一个愚蠢的人》《鲍巴·捷列姆科夫》等作品。主要创作儿童、成人、青少年题材的小说、剧本和电影脚本等。

薇拉·阿列克谢耶夫娜正在给小外孙织一顶带有花纹的小帽子，这倒不是说她有多喜欢编织，只不过编织这种需要耐下心来数清针数的细活儿，能让她分散一下注意力，暂时摆脱内心的愁苦。因为只要她一停下手中的活儿，这些忧愁就会涌向她的心头，一刻也不停息。两岁的小外孙维奇卡在桌子旁边无忧无虑地玩着魔方。他才会说话，但是他那双灰蓝色的眼睛却透出懂事和聪慧的目光，有时甚至让人觉得，小小年纪的他竟然什么都懂。薇拉·阿列克谢耶夫娜一看到小外孙就想落泪，因为他总会让她想起自己生病的女儿纳斯捷妮卡。她不明白医生怎么会给女儿做出这么可怕的诊断——颅内长了恶性肿瘤呢？难道这个病还具有传染性吗？两年前她自己就被发现长了一个腹膜肿瘤。起初，她的肋部疼痛了很久，后来肚子突然开始鼓胀起来。她还和丈夫开玩笑说："我不会是怀孕了吧？"她去医院做检查，医生给她做了穿刺，从她肚子里抽出差不多两桶恶臭的液体。即便如此，她当时也没灰心，也没怕过死亡。薇拉·阿列克谢耶夫娜还尽量地安抚女儿："人早晚都有去世的那一天，我一直希望自己别活到老态龙钟的时候再走。最好趁着亲人们都爱你、都需要你的时候离开，千万不要等到不能动了、毫无用处的时候再走。一想到自己会变成年老糊涂、卧床不起的老太婆，我就会向上帝祈祷：‘请保佑我别受那样的苦！’”

女儿当然不喜欢听她说这些话。

“你怎么能这么满不在乎呢，妈妈？”

“不然还能怎么样？难道还哭不成？战争都熬过来了，其他的还有什么可怕的？！当年德国人俘虏了我们，把我们押在弹药库旁边，防止我们的人引爆炸药库。他们可打错了算盘！我们的人把他们炸得恨不得飞到房顶。当时我妈妈的腿受伤了，西玛阿姨被打中了胸膛，都是我临时处理的伤口。难道我会怕死吗？对你父亲我也没什么可担心的。他身体健康强壮，能再找一个女人生活。你瞧，那些孤独的女人有多少，恨不得为争夺男人打起来！而你也有家了，有丈夫和儿子。常言道，要听天由命。”

薇拉·阿列克谢耶夫娜很从容地去做手术和化疗，她还在病房里跟病友们开玩笑并鼓励她们：“人不会死两次，但都逃不过一死。”“等我回来咱们一起唱歌。”她唱：“我的快乐生活在高塔里，没有人能进到那座高塔中。”她甚至开始模仿别人来逗大家开心。她模仿的对象有医生、护士、护工和男病房里的一些病友。女病友们都捧腹大笑起来。后来大家都说：“维尔卡呀，你可别逗我们笑了，再这么笑的话，一会儿我们的刀口就要开了。”

薇拉·阿列克谢耶夫娜在小时候就因为开这种玩笑而经

常受到母亲的责骂："不要再模仿别人的丑态了！"但她改不掉这个模仿别人缺陷和毛病的嗜好。她那热情、活泼和无畏的性格像她的父亲。

关于父亲，薇拉知道得不多，基本上都是从母亲那里听来的。听母亲说，父亲曾经在警察局任职。他身材高大，体格强壮，工作中看不惯任何不公平的事情。有一次，他拦住长官，想阻止长官无缘无故殴打一个被逮捕了的身体虚弱的小伙子。长官命令父亲的同事们绑住父亲的双手。父亲怎么能忍受得了这样的屈辱呢？他拼命把扑向他的同事们推搡到两旁，才脱身跑回了家。到家后，父亲把门都闩上了，并吩咐母亲无论发生什么情况都不能给任何人开门。然后，他脱下了自己的警察制服，愤怒地把制服扔到了角落里。薇拉当时还只有五岁，她惊恐万分，一会儿看看父亲，一会儿又看看母亲。母亲观察着父亲的一举一动，惊恐地用一只手捂住了嘴。而父亲一口气灌下了一大杯伏特加酒，吻了吻薇拉和母亲，只说了一句话："好了，安努什卡！没什么大不了的！只要我还活着，我就不会向他们投降！"这时门外已经有人用枪托在砸门了。父亲走到窗边，将窗户打开了。薇拉记得父亲的动作给人一种隆重的感觉，似乎他打开的不是窗户，而是剧院舞台的帷幕。四月的凉风嗖地一下子吹进了屋子里。父亲握着左轮手枪在窗台边站了一会儿，好像从九楼的高处观赏了一下城市的景色。当门嘎吱一声响，然后轰然坍塌在地时，父亲举起左轮手枪朝他的同事们大喊道："不要动，否则我要开枪了！"他那震耳欲聋的声音立刻使冲进来的人停住了脚步。父亲冷笑一声，将手枪扔到他们的脚下，然后一跃而起，顷刻间消失在外面那"广阔而自由的世界"。

那一天的恐怖记忆时常在薇拉的脑海中隐隐约约地浮现出来。直到现在，只要她一回想起这个情景，就仿佛又清晰地看见了窗边摇曳的窗帘、四月蔚蓝的天空和躺在地上昏迷不醒的母亲。

父亲的生活准则在女儿的身上得到延续。女儿也看不惯任何不公平的事。如果薇拉看到以多欺少的事情，她就会像父亲一样咬紧衣领，大叫着冲向人群。她突然的举动通常很奏效，打架的人群能立刻散开跑没影了。丈夫因为这个经常骂她："等着瞧，总有一天你会挨刀子捅或者挨锥子扎。你管什么闲事呢？或许这个挨揍的家伙就是一个大坏蛋呢？活该挨揍，你却出来护着他！""我不管他该不该挨揍，五个人欺负一个人，太不像话了，怎么能不管呢？！"

母亲的第二任丈夫，叫费多特。他对薇拉甚至比对他自己的孩子都好。他给薇拉买礼物，还在妈妈唠叨她时护着她。妈妈为费多特生了一个又一个孩子。每次妈妈要生孩子时，都会对费多特哭着说："费多特，我害怕生不下来这个孩子，我可能要死了，你可千万不要抛弃我的薇拉啊！"看到母亲日渐隆起的肚子，薇拉既生气，又为她担惊受怕，每天晚上都吓得趴在枕头上哭。好在上帝保佑，弟弟们都平安出生了，尽管他们生下来时的个头和脑袋都很大。所有的家务都落在了她的身上：买菜做饭、洗衣服和收拾屋子。战争爆发前，继父费多特被抓走了。母亲失去了意识，在医院昏迷了三个星期。薇拉辍学来照料弟弟们，她对弟弟们的照顾不亚于任何一个成年女人。后来战争爆发了，她有两次要被德国人抓去当劳工，但都逃了回来。那时，每一个有年轻家庭成员被德国人征去当劳工的家庭都给发一袋面粉、半袋小麦、一点儿盐和糖。母亲在拿到这些粮食时，掩饰不住地开心，甚至不避讳她。尽管她看到弟弟们因为饥饿而开始全身浮肿，可委屈的泪水还是忍不住流了下来。母亲开始劝她说："你聪明、机灵又勤快，被派到德国去当劳工也不是什么坏事儿，我也正好能救救你的弟弟们，不让他们饿死。"听了母亲的话，薇拉的内心渐渐平静下来。她的眼泪也哭干了。她打量着年幼的弟弟们：两岁的马卡尔卡还不懂事，手里摆弄着一只报纸折的飞机；半大的格里高里瞪大了眼睛害怕地看着她；大弟弟尼基塔则皱着眉头，龇着牙附和母亲："你怕什么？妈妈说得对，你多厉害呀！薇拉，什么难事儿也难不倒你！"就这样，薇拉离开了家。她是最后一个上的卡车。德国人开始按人头数征集来的劳工人数，总共有二十六个，她显然是多余出来的。卡车上的德军押解人员发令："走开！"她迅速地跳出车厢，躲进了灌木丛里。但所有人都看见了她。一周后德国人再次征集劳工，母亲跪在女儿脚下求她："薇拉，你替塔尼卡·佛罗洛娃去吧。她的母亲斯捷潘尼达说，如果你替她女儿去，她就会送给我们食物！"薇拉的内心焦虑无比。在卡车开往火车站的途中，她仔细观察负责押解的德国人。这个人看起来无比凶狠，不可能从他眼皮底下跑掉。当他们被转到火车上后，她想逃跑的心情渐渐低落下来。有人阖眼沉默地坐着，有人一直在抽噎着，还有人胡扯说德国主人对待工人有多么好，还说有一些女孩子甚至嫁给了德国人。而薇拉的脑子里想的都是弟弟们，母亲一个人是照顾不了他们的。突然，薇拉发现有人盯着她。原来是一个小伙子，看起来要比她大上一两岁。他起身走到了车厢的最尾端，然后朝她使了眼色，意思是说"跟我来"。薇拉马上心领神会，什么都没说就跟了过去。

"听着，这个地方的干草下面有一个洞，"他凑到她耳边小声地说，"我上车的时候发现的。但是需要把这个洞再扩大一些。这样等火车到站时，我们就能一起逃出去了，明白了吗？"

这有什么不明白的呢？她点了点头。小伙子竖起大拇指，意思是说"好样的！"夸赞她聪明机灵。于是他们由一个人打掩护，另一个人钻到干草下面，掰断旧车厢里腐烂的几块小木板，把原来的洞扩大了。扩大后的洞刚好够他们钻出去。然后，他又小心地将洞重新用干草盖上了。他俩肩膀贴着肩膀地躺到了干草上，开始互相自我介绍。同路的小伙子名叫尼古拉，他之前和奶奶一起生活在区中心。他的母亲和父亲都是医生，战争爆发后都被派到前线去了。他早就适应了独立的生活。半夜时分，火车在站点停了下来。他们悄悄地从车厢里钻了出来，然后按照约定逃往不同的方向。当火车走远了之后，警卫的探照灯也消失在浓雾之中，他们两个才互相喊着碰了头，然后一起沿着铁轨朝火车来的方向走去。他们风餐露宿，走了几天才走到家。母亲看到站在门口的她，一句话没说出口，就瘫倒在沙发上。但是弟弟们却高兴地叫了起来，一起围住了她。尼基塔像个大人似的说道："我就知道，你很快就会回来的！"

薇拉·阿列克谢耶夫娜试图回忆起尼古拉的脸庞：他长有一双灰色的、圆圆的眼睛，脸型狭长，皮肤黝黑，嘴唇上方冒出了一点点胡茬子。那时候她非常喜欢尼古拉。可现在尼古拉在哪儿呢？尽管当时告别的时候他说"再见"，可从那以后，薇拉再也没见过他。是无情的战乱迫使人们妻离子散，天各一方。

后来，薇拉嫁给了一个跛脚的电影放映师。十六岁那年地雷爆炸了，丈夫只受了一点儿轻伤，但在村子里依然是第一帅哥。不过，他脾气很坏。他们夫妻之间经常打架，有时甚至打得你死我活的。他的拳头很硬，而她伶牙俐齿，经常把他骂得狗血喷头、脑袋发昏。当她跺着脚恶狠狠地唠叨他：

“你这个希特勒！你这个坏蛋！地雷炸死了那么多好孩子，怎么就剩下你这么个废物！还是个退化了的废物！”丈夫只能愤怒地咬牙忍着。

常言道，吵架时要想办法保持沉默。她把这个道理教给了女儿，自己却做不到。有一天，她对丈夫大吼道：“你记住了，我在气头上说的都是实话，你其实就是个退化了的废物！”他立刻像野兽一样大叫起来，挥起拳头冲着薇拉的头砸去，打完之后就跑到了院子里。薇拉失去意识后在地上躺了很久，醒过来时都认不出镜子里的自己了。她右眼肿得什么都看不见了，所以她只能用左眼看自己那张变得青紫肿胀的脸。她哭了起来，大骂他脑子有毛病。当她平静下来之后，就听到她的丈夫回来了。她抓起一块用煤炭烧红了的烙铁，慢慢地朝他的房间走去。她当时还是个演员，这副样子让她怎么出门啊！他一看到她那疯狂的眼神，着实是吓坏了：“别冲动，薇拉！快把烙铁扔掉！难道不是你的错？挨揍也都是因为你的错！谁让你说出那些伤人的话！”而她只是狠狠地说：“向上帝祷告吧，鲍利亚！你的死期到了！”

当女儿参加完舞会回来时，就看见他们已经躺着抱在一起了。常言说得好：打是亲，骂是爱。他们一辈子都是这么过来的。吃醋成了他们吵架的借口。薇拉从没觉得自己漂亮：她鼻子短而扁平，牙齿长得稀稀落落，头发又细又软，身体既单薄又瘦弱。但是她终究有自己的长处！这也没什么可隐瞒的。她心里很清楚自己有什么样的本事。她的才华是有目共睹的，是上帝赋予的——她的嗓音，简直世间少有。尽管没有人教过她跳舞，但她优雅灵动的舞姿依然能让整个舞厅的男人啧啧称赞。她是模仿别人学会了跳舞。她还非常幽默诙谐、伶牙俐齿，说起笑话和俏皮话来总是信手拈来。在她战后任职的俱乐部里，只有一个男人，是一个手风琴演奏者，也是一个酒鬼。在音乐会开始前，这个人都会用皮带将手风琴绑在自己的膝盖上。这些好像都没啥可让丈夫吃醋的。可每次薇拉从俱乐部回到家，丈夫就要和她大吵一架。他能在寒冬里把只穿着一件衬衫的薇拉赶到街上，把她演出穿的睡袍用刮胡刀割断，甚至拿出猎枪吓唬她。可她依然爱他、怜悯他。怎么能不怜悯这个无才无能的男人呢？他既不会唱，也听不懂曲调，没有任何天赋。他们一起生活了那么多年，薇拉依然没有教会丈夫跳舞。不过，丈夫的脸庞却长得像帝王一般威严俊美。这就像母亲常说的那样，脸长得再好看也不能当饭吃。丈夫也不懂幽默，薇拉带他去人民剧院看戏，在这个地方他们也大吵了一顿。当主角上台后，剧院里的所有人都笑得前仰后合，只有丈夫摇晃着脑袋百思不得其解：这有啥可笑的？他不明白，于是就更加恼火，薇拉不得不离开俱乐部去一个托儿所当保姆。不知不觉女儿长大了，女儿成了薇拉所有的慰藉。女儿的外表长得像父亲，而天赋和性格就完全像薇拉。当丈夫去打猎和捕鱼的时候，她就和女儿一起弹吉他、唱歌、刺绣和读书。母女俩总是当面和背地里嘲笑他的古怪。有一天女儿问母亲：

“妈妈，你和爸爸总是吵架，或许，你们最好还是离婚吧？”

“你疯了吗？！”她很惊讶，“你说什么呢？没有我，你父亲就完蛋了。他可是个完全没有生活能力的人啊！”她沉默了一会儿，又说道：“对于一块脚垫都会习惯的，更何况一个一起过了三十三年的活生生的人呢？我可怜他脑子稀里糊涂。我们女人对男人更多的是怜悯而不是爱情。”

意识到了自己的错误，薇拉开始和女儿频繁地说起丈夫的优点。丈夫的优点其实也不少：他喜欢把一切都弄得井井有条。他有一双有力气的双手，这对于男人来说至关重要。他很会干农活儿，能安排好每个季节的农活儿：割草、挖土豆、给家刷油漆。他能打猎，会捕鱼，而且非常负责任。做任何一件事他都能有始有终，绝不半途而废。在女儿幼年时，他会把女儿带在身边，带她到森林里去打猎，带她去捕鱼。总之，每个人身上都既有优点，也有缺点。每个人都应该得到爱，每个人都应该按照他真实的样子被接受。

但是薇拉·阿列克谢耶夫娜并不希望女儿找一个像自己丈夫一样的男人。追求女儿的人很多，一个比一个好。但是她给女儿的忠告是：“不要嫁给一个强壮有力的男人，不要选择外表帅气的男人，不要被财富蛊惑，跟一个善良的男人在一起你才会幸福的。这就是我要跟你说的。”薇拉对女儿的选择很满意，她很中意自己的女婿，对待女婿像对待自己的亲生儿子一样。要不是一场新的灾难来临，一切都很美好。

“外婆，妈妈什么时候能回来？”小外孙突然问道，他的嘴唇撅着颤抖起来，马上就要哭了。

她把手头编织的东西放到一边，决定给小外孙讲个笑话逗逗他。

“为什么找妈妈呀？我不好吗？我会给你讲故事、给你唱歌、给你烤饼吃……”她将小外孙抱起来，让他伏在自己厚实柔软的胸前。

“我想要妈妈！要妈妈！”小外孙还是不断地哀求。

“行啦，行啦，别没完没了了！”她给小外孙擦去眼泪，又一次哄他道，“我也想你的妈妈，她可是我的女儿啊！走吧，小朋友，我带你去睡觉。妈妈会在你的梦里出现的。”

在她的哼唱声中，小外孙哭着哭着就睡着了，但薇拉·阿列克谢耶夫娜却躺在床上辗转反侧，丈夫甚至也为她担心起来，问道：“你怎么还不睡？还在想纳斯捷妮卡的事儿吗？”

她只是叹了一口气：“知道吗？鲍利亚，我一定会祈求上帝让女儿康复的。”

“那能怎么办呢？”他有些不明白。

“是这样的，我祈求上帝把她的病转到我的身上，我要代替她承受她所有的病痛。我以前读过这样的故事。我已经活得够多了，但是她还要抚养她的孩子。我会向上帝祈祷的，上帝是慈悲的，会满足我的愿望！”

这时她发现，丈夫的肩膀在微微地颤抖。“你怎么了？鲍利亚？”

“那你就没考虑过我吗？我该怎么办啊？”

“瞧你说的，你怎么还不如一个孩子！你英俊，身体又强壮，你能再找一个……”

他像是受到了什么打击，猛地从床上跳到地上，冲到厨房里，抽起了烟。她没再和他提起这个话题，而是开始郑重地祈祷，请求上帝能够让她替女儿承受所有的病痛。

过了一段时间，薇拉很高兴地发现自己消瘦了很多。没多久，纳斯捷妮卡从医院回来了。她非常高兴，全身洋溢着活力。看到母亲如此消瘦的模样，女儿的脸立刻沉了下来。

“妈妈，你需要去医院做一个全面检查。”

“为什么？我哪儿都不痛不痒的。瘦一点儿对我来说是好事，能减轻我身体的负担。”母亲调皮地笑了笑，还在屋子里跳起了华尔兹。

然而，薇拉·阿列克谢耶夫娜的身体一天比一天虚弱，从床上起身都变得非常困难。但她对所有人的劝告都坚定地回答说：“我不去医院，你们都不要来打扰我了。”甚至写了书面的拒绝就医的说明。当她一个人待在房间里时，她悄悄地笑了，她为自己病入膏肓而高兴。她一次又一次地感谢上帝，感谢上帝准许了她的祈求，满足了她的愿望。她对此深信不疑。

现在家里所有的家务活儿都落到了女儿身上。女儿的眼睛里重现了往日的光芒。女儿很快就要去州中心医院肿瘤科复查了，她和医务委员会讨论了薇拉丧失劳动能力的问题。与此同时，薇拉几乎已经什么都吃不下，只能喝水了。她的体内像是有什么东西在燃烧似的，但她却没有感到特别的疼痛。为此她还在不停地感谢上帝。

女儿出行前，在母亲的床榻旁坐了很久。她用指尖轻轻地抚摸母亲那消瘦得深陷下去的脸颊和脖颈。

“妈妈，跟我一起去医院吧，或许你需要做手术。”

薇拉可不想听这些话。

“检查结果出来后，要马上打电话告诉我，好吗？”

“好的。”女儿答应了，然后将头贴到她干瘦的胸膛上，失声痛哭起来。

第二天，薇拉·阿列克谢耶夫娜焦急地等着女儿的电话。当她从电话里听到女儿高兴的声音后，就安然地闭上了眼睛。

“妈妈！妈妈！”纳斯捷妮卡在听筒的另一头喊着，“您知道吗？我的病好多了，拍的片子显示肿瘤消失了，医生都对这一奇迹感到震惊！丧失劳动能力的诊断也撤销了。虽然我现在只能上半天班，但是我能重新开始教书了！”

“谢天谢地。”母亲这时却只能小声地说话了。

到了晚上，薇拉把女婿叫到自己房间里。

“阿列克谢，你现在认真听我说话，今晚我就要走了。”

“去哪儿？”女婿不明白她说的话，瞪圆了眼睛问道。

“那儿。”她抬起眼皮看着天花板说，“不要忘了给维奇卡煮粥。明天家里会很忙活。你们为我举行葬礼的时候，把孩子送到幼儿园老师那儿去吧，他是个聪明、重感情又脆弱的孩子，不要让他这么小就知道死亡的事儿……”

“妈妈！您千万别这么说！”女婿哀求道。

她紧紧地握着女婿的手。

“你别说话，听我说！我要在纳斯捷妮卡没回来之前离开。她的眼泪会拖住我离开这个世界的脚步。你要安慰她，把我的话传达给她——我这个病人活在世上太痛苦了。我在那儿会更好的。现在叫维奇卡来吧，我想亲亲他的小手。”

当她干燥的嘴唇触碰到小外孙柔软的小手时，她的嗓子哽咽住了。小外孙问了他常常问的那个问题：“外婆，你什么时候好起来啊？”她却哽咽得说不出话来。小外孙哭得上不来气，薇拉只能对女婿做了一个手势。女婿明白了，立即把儿子抱到另一个房间里去了。

然后，她的丈夫进来看她。他的身上带着一股浓浓的酒味儿。最近这段时间，她已经不因为他喝酒骂他了。她知道，丈夫心里很难过。

“薇拉，没有你，我可怎么办啊？”丈夫哽咽着说道。

但她已经说不出话了。只能用手指头示意他，让他看着她，让他不要痛哭，要像个男人的样子。她无声地动了动嘴唇。丈夫明白，她要他今天晚上睡在客厅里。他将未刮胡子的脸贴到了妻子的脸上，然后，他弯着腰，仿佛背着沉重的东西，佝偻着趔趔趄趄地走了出去，紧紧地关上了门。她伸出手在枕头下摸索了一阵子,翻出了一幅小圣像和一根绳子。绳子是她为自己在无法忍受这一切时而准备的。幸好，上帝没让她体会那不能忍受的疼痛。她用尽最后的力气将绳子扔到了床下，然后将圣像紧紧地贴在嘴唇上。她的思绪飞向了上帝。薇拉·阿列克谢耶夫娜知道，她会在黎明之前离开。这不是她自己的意志，而是上帝的旨意。

她如愿了。

“英国女王”的暮年

В сумерках английской королевы

薇拉·琳科娃 著
吕翠媛 译

薇拉·琳科娃

Вера Линькова

薇拉·琳科娃，俄罗斯作家、记者，俄罗斯作家协会会员，俄罗斯文学家协会会员。毕业于莫斯科国立大学新闻系。曾就职于卡累利阿共和国电台、电视台以及“共青团员”报社。多年来任《晚安！孩子们！》节目撰稿人。2007—2010年担任儿童文学报《稻草人》主编。多年来一直负责卡累利阿共和国儿童青少年图书馆的儿童文学艺术工作室。2000年获得“人民作家”称号，2007年第二届阿·尼·托尔斯泰儿童少年文学国际比赛获奖者，2007年谢·米哈尔科夫文学创作大赛《最佳少年题材作品》获奖者等。著有童话《名词王国里的阿丽娜》、诗歌《钟表上的蝴蝶》《乞丐城里的幻影》《我真棒》《我要和聋人谈谈》《云莓公主》等作品。

清晨谜团

……伊丽莎白·帕夫洛芙娜醒来的时候，隐隐有些担心：自己昨天没说错话吧？不管怎样，千万别坏了自己教授的声誉，这可不是件小事儿，尤其是到了新的地方更是如此。哪怕你已经退休了，但在你心里，你仍然会觉得自己是一个教授，而不是一个酒鬼……那么，到了一个新的地方，你给人的第一印象很重要，它能决定人们对你的看法。所以，在女儿的新朋友面前，自己可千万别说错什么话。

伊丽莎白·帕夫洛芙娜和女儿娜塔莎刚刚从圣彼得堡搬到这个房子，娜塔莎在院子里认识了隔壁门栋的一个女孩，她的头发好像被漂白剂漂过一样，那种颜色极其扎眼。娜塔莎邀请女孩来家里做客。她带来了一瓶白兰地。两个人开始喝酒，她们也邀请伊丽莎白一起坐下来。拒绝邀请也不太礼貌，伊丽莎白·帕夫洛芙娜心想，反正人也不多，只有女儿和朋友两个人，那就去凑个热闹吧，正好顺便了解一下女儿认识的是个什么样的人。她不想让女儿和品质不好的人来往。这个女孩叫柳霞，伊丽莎白·帕夫洛芙娜不喜欢她的白色染发，头发染成那样的颜色让人看起来完全不成体统。在和女孩聊起来后，伊丽莎白·帕夫洛芙娜就越发不喜欢她了，感觉她太轻浮了，而且这时伊丽莎白·帕夫洛芙娜感觉自己的脑袋有点不舒服，她记得自己后来好像就去睡觉了。

此时此刻，房间里充满阳光……似乎一切都很美好。她突然发现一件粉红色的衬衫在沙发旁边的地板上放着，这让她警觉起来。伊丽莎白·帕夫洛芙娜从来没有乱丢过东西，她总是喜欢把一切都摆放得整整齐齐的。而现在，她的衣服却在地上，这是怎么回事儿呢？……她就这样忧心忡忡地躺着，直到娜塔莎回来。

“妈妈，你昨晚出去了两次吗？我听到了关门声。”娜塔莎疑惑地对妈妈说道。

“你是说我吗？我出去了吗？”她从沙发上坐了起来，耸了耸肩膀，“我能去哪儿呢？我哪儿都不知道……一个认识的人都没有。你和那个柳霞又一起坐了很久吗？”

“没坐多久，”女儿对母亲说道，“我只是夜里不得不去了一趟俱乐部接柳霞。她半夜给我打电话，要我去接她，否则她可能要挨打……所以我叫了辆出租车到了俱乐部。鬼知道那里发生了什么事。柳霞喝得太多了，她把一包薯条扔到了一个脾气暴躁的小伙子身上，那家伙的同伙就开始攻击她……总而言之，我费了很大力气才把她从那个地方带了出来。现在她打电话给我，让我下去，要当面感谢我。”

“我希望你不要和这个柳霞打交道……”母亲胆怯地劝

告女儿。她之所以胆怯，是因为她为不知道自己昨晚去了哪里而担惊受怕……她去哪儿了呢？现在怎么才能弄明白呢？……她也为娜塔莎担忧起来。为什么要冒这样的险？夜总会里可是什么样的酒鬼都有……可能真会挨打……再说那种地方说不定会发生什么事儿……

“妈妈，我就下楼一会儿，”女儿急忙说，“柳霞把打出租车的钱给我带来了……”

女儿出去了。伊丽莎白·帕夫洛芙娜迅速地把自己的外衣挂到柜子里，然后洗了澡。她照了照镜子，感觉自己的样子看起来还不错。对于娜塔莎，她基本上没有什么可担心的。娜塔莎是一个严肃的人，在幼儿园当保育员，她在外的名声也不错。幼儿园的假期快结束了，她很快就要回到她喜欢的孩子们的身边了。只要她不和柳霞交上朋友就行……虽然这样想，可伊丽莎白·帕夫洛芙娜还是无法真正平静下来。她难以接受自己已经是一个退休人员了，而且作为一个满腹经纶的教授，竟然被裁员裁下来了，自己的一身本领毫无用武之地了。今天又徒增了一个烦恼：自己昨天夜里到底去哪儿了呢？

这时，门咣当一声开了。

“妈妈，你能想象得到吗？”娜塔莎刚进门就嚷嚷道，“我刚才正站在单元门口和柳霞聊天，突然一个四十岁左右的男人出现在我面前，仔细地看了看我，问我：‘伊丽莎白·帕夫洛芙娜感觉怎么样了？本来我们昨天要给她叫一辆救护车了，她昨天身体不舒服，我就是来打听打听……’我看这个人不像是当地的醉汉。他穿着一件干净的白色风衣，很时髦。我看了他一眼，差点儿晕了过去，好像是我已故的恋人杰尼斯又活过来了，他们长得一模一样。柳霞对他说：‘走开！你自己没喝醉过吗？’他说：‘姑娘，你对我撒什么野？我只是过来问问伊丽莎白·帕夫洛芙娜现在感觉怎么样了！’妈妈，我不想让柳霞知道咱们的任何事情，就对这个人说：‘你认错人了，明白吗？’并且用胳膊肘轻轻地碰了他一下。他把两手一合放在了胸前说：‘明白了。’然后就走了……”

听了女儿的话，伊丽莎白·帕夫洛芙娜更加惊慌起来。看来，她夜里确实去了某个地方……那么这些准备为她叫救护车的人又是谁呢？这到底是怎么回事呢？难道她真的和当地的什么酒鬼在一起了？……伊丽莎白·帕夫洛芙娜的手开始发抖，端着的咖啡洒了出来。她试图再次让自己平静下来。也许她只是出去散步了，也许是她的血压升高了，这个人正好和其他什么人从旁边路过……于是他们救了她……而他后来又把她送回了家……如果是这样，那就最好不过了。可是万一发生了什么不体面的事儿呢？……唉，要是能想起来就好了！可是她怎么什么都不记得了呢？……

就这样，她午饭前一直在房间里走来走去，感到心力交瘁。

“好了，妈妈，没什么大不了的。”娜塔莎在准备和儿子依柳沙出去散步前，试图安慰妈妈，“最主要的是你现在什么事儿都没有，活得好好的……”

女儿的安慰显得苍白无力。伊丽莎白·帕夫洛芙娜开始整理自己在科学期刊上发表的论文，以此来分散一下自己的烦躁情绪。她看了自己写的一篇又一篇文章……然后把杂志放在了一边。谁现在还读这些东西！接着就把这些杂志全部都堆放在了角落里。这些都属于过去了。至于说她是教授，也是过去的事儿了。现在的她只不过是一个退休人员。而且这里是边远地区，又不是首都。在这里遇到像自己一样水平的交谈者也不太容易，更多的人是像窗外那些在垃圾桶里寻找东西的人……现在，她最简单的愿望就是，再也不要让任何人知道她年老失忆而走失的这件事了，但却常常事与愿违……

“马格尼特”商店的故事

外面下起了雨。娜塔莎带着儿子回到了家。她刚一进门，就迫不及待地滔滔不绝起来。

妈妈，我跟你说，我和依柳沙一起去咱们楼旁边的马格尼特商店时，又看见了那个穿白色风衣的男人，他正在试开一辆轿车，看到了我，对我说：

“哦，是见过面的熟人啊，你好啊！我在帮我朋友看看这辆车的性能怎么样。他们把车开来了。我朋友想买这辆车。”他一脸神秘地看着我，仿佛在说：“我没认错人吧？！”

“好吧，”我说，“你说一下我妈妈到底怎么了？”我们不知怎么，立刻就开始用“你”称呼彼此了。于是他开始说道：

“我也不知道她是怎么跟那些酒鬼混到一起的，我跟他们没有来往。他们住得离我家不远，宁卡是个瘸子，膝下没有子嗣，也没什么亲人。她的朋友卡特卡是一个掉光了牙的老太太，还有两个精神不太正常的人，刚从精神病院出来不久，他们都聚集在宁卡那儿。他们都是无家可归的人，也没有工作，每天就是喝酒，从早喝到晚……那天晚上我睡不着，就去林间的小路上散步，然后看见那伙人坐在野苹果树下喝酒。我本想从旁边走过去，但是一个奇怪的女人吸引了我的注意力，不是因为她的穿着——她穿着和那伙人一样的运动服，但她说的话让人听起来感觉不寻常。那伙人在那里喝酒、骂人，而她就站在他们面前，挥舞着双手，嘴里念叨着关于英国女王的故事。她说话的样子活像一个许久没有观众的女演员，或者说，像一个很久没有讲过课，终于有机会站上讲台讲课的教授一样。她站在那里，口若悬河地讲着历史事件，而他们就只是自顾自地喝酒、骂人。只有我一个人在听她到底说了些什么：‘这就是英国女王……’她讲了宫廷政变，讲了英国的政治阴谋，讲了伊丽莎白二世的父亲亨利。她不断地说出这些历史事件发生的日期，而那些酒鬼们旁若无人地纵情狂饮。这一切看起来是那么可笑、荒谬，甚至可以算得上是只有喜剧里才会出现的情节了。对酒鬼们讲历史事件，不过是对牛弹琴罢了，而她却那么充满激情地讲着……他们只是一边喝酒一边骂人，而她却越讲越有兴致！讲起历史知识犹如竹筒倒豆子一般！卡特卡对她说：‘你这个英国女王，把嘴闭上！’宁卡说：‘你最好跟我们一起喝点儿，英国佬！’这个女人，也就是你妈妈一口干了宁卡给她倒的什么酒水。我看她刚一坐下，突然就向旁边倒下了，像死了一样。‘这英国佬怎么了，喝醉了吗？’卡特卡拽了拽你妈妈说，‘咱们是不是应该叫辆救护车？’‘既然是喝醉了，还叫什么救护车……’宁卡说，‘咱们走吧！’说罢，她就从你妈妈的身上跨了过去，其他人也都从你妈妈的身上跨了过去。他们拿着酒壶，往宁卡的小木屋走去。啤酒应该是你妈妈给他们买的，都是好啤酒，从夜场酒吧买来的散装啤酒。他们自己是不会买这样的啤酒的……深夜的时候，这种啤酒也只有在酒吧里才能买得到。”

我问杰尼斯：“那我妈妈怎么样了？”妈妈，你知道吗？他不仅长得像我的杰尼斯，就连名字也是一样的……我看着他的脸，心一下子就怦怦跳了起来……我直到现在还爱着杰尼斯……要是他没死，如果没有那场不幸的车祸该多好啊……不过，我也爱我的丈夫。但那是另外一种爱……他非常及时地出现在我的身边，可以说，是他把我从痛苦中拯救出来的……唉，还是不说这些伤心事了吧！我详细问了杰尼斯关于你的事，他又继续对我说："我想了想，不能把人置于险境不管。这个人不是和他们一伙的。看来，他们是偶然碰上的。我拍了拍她的脸，把她稍微扶起来一点儿，她呕吐起来。你妈妈虽然睁开了眼睛，但是看起来还是没有清醒过来。我问出了你家的地址……把你妈妈送到了家。她几乎不能自己独立行走。那你呢，你这个女儿怎么能让你妈妈这个样子出了门呢？"

妈妈，我跟他解释说，你当时是在家里的，而且看起来很正常，我去俱乐部帮柳霞的忙了。我回来以后，去依柳沙的房间看看，这时门突然响了，你就出门了。他对我的胆大感到惊奇……半夜三更地飞奔出去救一个不太熟悉的人。后来我们又聊了聊各自的生活。我跟他讲了我丈夫的事，而他又对我讲了一个可怕的事情，是关于你的……

还有一个恐怖的故事

"你以后做事情可不能这么轻率，"他对我说，"否则有可能后果不堪设想。穿过这片林子再往里走就是原始森林了。原始森林里有一个小木屋，那些从监狱中释放出来的人都住在那里。和你妈妈在一起的这些人经常去那里，你妈妈可能会在无意识的情况下跟随他们，然后在某个地方摔倒。那样的话就没有人能救她了……要知道森林里还有熊，我的一个熟人就被一只熊咬死了。每到周五夜里，小屋里的刑满释放人员就都到酒吧附近寻找‘猎物’。周五的时候所有人都休息，他们就在夜里一杯接着一杯地喝啤酒。你不看刑事案件报道吗？最近有报道说，一名妇女在酒吧外的拱门中死于颅骨破裂。这些坏蛋会打伤人的脑袋，洗劫包里的钱财，然后就销声匿迹了。警察去过那个小木屋。但是到了夏天，小木屋的住户就会躲到更远的原始森林里，这些人已经是衣冠禽兽了，他们心狠手辣，无恶不作。从监狱出来之后，他们找不到工作，亲戚趁机把他们的房子卖了。因此，他们会想尽一切办法生存，靠打‘猎物’为生。”

他继续说道：“你妈妈在那个晚上的故事还没有讲完，你接着听听下文吧。我把你的‘英国女王’伊丽莎白·帕夫洛芙娜送到家后，就放心地回家睡觉了。但不知为什么就是睡不着。我决定把院子里的木柴堆到一起。瘸子宁卡的小木屋就在与我家隔两栋楼的对面。我堆放那些木柴是留着烧水洗澡用的，突然，我看见了一个熟悉的身影，我简直不敢相信自己的眼睛。那个人去敲宁卡家的门，宁卡大笑着走出来，对她的同伴们说：‘看来，英国女王给我们送啤酒来了！’你妈妈把一个暖水瓶交给了他们，然后就快速往回走了。我为了保护她……和她保持了一段距离。我跟着她走到了家，但没有靠近她。不过，她好像对这条路很熟悉，没有走大路，而是抄了近路——穿过了几个院子和停车场。我以前可从来没在这些乱七八糟的人家见过她，在我们家这一带也没见过她。让我惊讶的是，她走路时精神抖擞，完全不像那个不久前还半死不活的人……你也不用为你妈妈的名声担心，没有人看到这些，当时很黑，而且四下无人。那些醉鬼更别说能认出她来了，甚至都想不起来到底是谁请他们喝的啤酒，更想不起来他们是怎么从一个半死不活的人身上跨过去的……而这个被他们从身上跨过去的人竟然还找到了他们，并且给他们送来了啤酒喝……他们早就不是正常人了……”

妈妈，我告诉他，实际上你从未去过那个郊区，你也不认识那里的任何人……而且你也不认识去那里和从那里回来的路。总而言之，我们和这里的人完全不认识。我们刚刚搬到这里。我还告诉他，你根本不喝酒，你是一名教授，是一名历史学博士……和这些破衣烂衫的人一起……这一切怎么可能呢？可杰尼斯对我说：“也许这是天意……也许这一切都是为了让我们能相遇……如此难以置信的事情不可能如此轻易地发生……当我在单元门口看见你时，我立刻知道，你就是伊丽莎白·帕夫洛芙娜的女儿。你们母女俩长得非常像……当时你用那种眼神看着我……”

在装满玫瑰的吉普车上

女儿说的这些话在伊丽莎白·帕夫洛芙娜的心里无数遍地翻转，她好似跌入了无底的深渊。由此，她想在一个新的地方过上比较体面的生活的愿望一下子全破灭了。为了不再看见那些和她一起在林间的小路散步的人，她把自己仅穿过一次的短上衣和运动鞋都扔到了垃圾桶里，然后就去熨烫连衣裙了。这些人她一个都认不出来，就连救过她的杰尼斯她也认不出来。她不明白，为什么有的人在任何场合下看见了什么就能回忆起些什么，而她却不是如此，就好像那天晚上她不存在于这个世界上一般。她既没有做梦，也没有出现任何幻觉，只是失去了意识，跌倒在黑暗中，处于完全不受控制的状态。但是他们……就算这些不为人知的“行尸走肉”在大晴天也认不出她，但是那个叫杰尼斯的能认出她，这是肯定的。如果他在街上看见她，就让他看到一个漂亮的、收拾得干净利索的、穿着端庄连衣裙的女教授吧！这是她最喜欢的一件连衣裙，以前她只有在特别隆重的学术讲座上才会穿。不知为何，她现在非常希望这个她不认识的人能不经意地看见她端庄的样子。她换了发型，还戴上了太阳镜，领着依柳沙去儿童广场散步。依柳沙在沙堆里和孩子们一起玩，她则坐到了长椅上。但是，刻意的打扮丝毫没有驱散她沉重的思绪。她的身体究竟是怎么了？是衰老的征兆！衰老出人意料地突然就来了。她本来还想去当地的学校找一份当历史老师的工作的。当然，在北方的首都，教授退下来之后想到一个普通的中学去当一个普通的老师也不容易……她现在想当中学老师都没人要了。她想到，当自己去找工作时，流言蜚语已经传开了。校长的脑子里会想："这不就是那天晚上和一群酒鬼在一起喝酒的女教授吗？"她就这样折磨着自己，折磨着，直到她的智能手机响起"魔法长笛"的旋律。

"妈妈，你知道吗？"女儿说，"他给我打电话了！杰尼斯给我打电话了！他是怎么知道我的电话号码的呢？我可没给过他我的电话号码啊……"

伊丽莎白·帕夫洛芙娜哆嗦了一下，一种奇怪的、矛盾的感情油然而生。一方面，她认为杰尼斯打来电话是件好事，毕竟生活里需要这样品行端正的人；但是从另一方面来说，这也使她感到担忧——看来女儿是真的爱上了这个杰尼斯。女儿该如何处理家庭的问题呢？依柳沙可能要没有亲生父亲，而要和一个陌生的叔叔一起生活……伊丽莎白·帕夫洛芙娜的家人们都没有得到过正常的父爱。她的母亲是一个人抚养了她，她也是独自抚养了女儿。但让她高兴的是，至少她的小外孙有父亲……不过，他们生活得很艰难。娜塔莎的丈夫在这里找不到工作，不得不去另一个城市……当钻井工……轮班干活……但毕竟他们有个完整的家庭……而现在这位救命者似乎成了这个完整家庭的威胁……

“妈妈，你怎么不说话呢？”娜塔莎打电话的口气显得有些激动，“他是怎么知道我的电话号码的呢？”

“从我手机里知道的吧，”她回答道，“如果他所说的都是真的，那就是这么知道你的电话号码的。我手机里存着你的电话号码，上面写着‘女儿’。他给你打电话干什么？”

“他叫我出去，还带了一束玫瑰。他说，他给自己买了一辆吉普车，想和我一起纪念这个时刻。我往窗外看了一眼，他从吉普车里拿出了一大束红玫瑰给我看。我对他说：‘我不会下去的。我不能收下你的花。我有丈夫，有家庭，还有孩子……’他说：‘你那个钻井工丈夫能给你什么？而我能给你一切！你想要海景别墅吗？想要新车吗？或者去马尔代夫度假？或者，游艇想要吗？’我说：‘除了我的家庭，我什么都不需要！’他说：‘我都看见了，你看我的眼神是什么样的。别骗自己了！出来吧，拿走我送给你的花！’我对他说：‘如果我收下了花，那就意味着我同意开始这段关系，这样不行！这对我的丈夫来说实在是太不公道了！你快离开这里，我妈妈和依柳沙马上就要回来了！’”

“他已经走了？”

“走了。”

“那花呢？”

“他说，他把花留在了单元门口……我没让他进门……”

这次女儿来电话之后，伊丽莎白·帕夫洛芙娜的内心除了痛苦之外，还感受到了一丝甜蜜。她萌生出过上一段殷实的生活的愿望，尽管这只是一闪即逝的想法——家里应有尽有，一切都很好。不用再精打细算地生活，也不需要去做选择：今天是买牛奶还是买酸奶油？……依柳沙吃什么都喜欢加点儿酸奶油，尤其是在吃小薄饼的时候……也该给他买双在幼儿园里穿的鞋了。他父亲好久没寄过钱来了，不是出什么事了吧……总之，别又像之前一样酗酒就行，毕竟已经戒酒了……娜塔莎的工资不高，只是电视上说公民的福利提高了，还说什么现在老师也能拿到多少薪水……而在小地方，工资却一点儿也不见涨。但是，好在女儿在幼儿园找到工作了。而女婿……就是个普通工人，这些事跟他也说不上。但是他一直很努力，为了家庭，不管怎么说，他已经尽全力了。毕竟他是依柳沙的亲生父亲……

依柳沙还在沙堆里挖坑玩沙子。伊丽莎白·帕夫洛芙娜一边看着他，一边想着自己的心事。人们如果能给自己挖一个舒适的洞，钻进去，什么烦心事都不用想，哪怕只是享受这么一小会儿，那该多好啊！她不由自主地这样想。一方面，吉普车、玫瑰、有一个富有的男人来照顾自己的女儿，而且女儿还喜欢这个男人……这一切都太突然了……另一方面……这有什么好说的呢？！

忽视别人生命的人

这是“英国女王”教授半夜梦游事件第二天的事。伊丽莎白·帕夫洛芙娜再次带依柳沙去儿童广场散步。她再一次想起自己那段莫名其妙的经历，以及那位救命者出现后发生的奇怪的故事。而女儿娜塔莎的电话又一次让她陷入茫然的思索。

“妈妈，他又给我打电话了……”

“他都说什么了？”

“他说，你的那个女友今天去世了。”

“我哪有什么女友？”

“嗯……是那个叫宁卡的瘸子，他开玩笑说是你的女友。就是当时在林间小路上给你喝酒并把你灌醉的宁卡，还带着一伙人从你身上跨过去后回家继续喝酒的那个。杰尼斯跟我说了当时发生的事情。你给了他们啤酒之后，他们又喝了很久，也不知道喝的到底是什么。她家的灯到了早上都没有熄。纽拉奶奶就在隔壁，她什么都看见了。她说宁卡的三个酒友在院子里走动，一会儿往商店的方向去，一会儿又返回来。他们在外面走来走去，却看不见宁卡的身影。通常他们四个人都是形影不离的，而这半天却只见这三个人在外面逛荡。纽拉奶奶没忍住，午饭后就往他们的屋子里看了一眼。她看到有三个人围在桌旁喝酒，而宁卡在床上躺着。‘主人怎么一直躺着呢？’纽拉奶奶问宁卡的酒友们。他们醉得连话都说不清楚了，舌头都快打结了，回答道：‘她在睡觉，你没看见啊？’纽拉奶奶来到床铺边，宁卡好像睡着了，纽拉奶奶掀开宁卡的被子，摸了摸她的脑门，发现宁卡的身体已经僵硬了。纽拉奶奶叫来了警察，又叫了救护车，但是大夫说，她已经死了十二个小时了,是由于饮酒过量导致的中风死的。而她的酒友们都喝多了，压根就不知道。在一个小木屋里，他们在一个死人旁边坐着喝酒，已经喝了几个小时。警察盘问了他们所有人，没有发现他杀的嫌疑。宁卡就这样从这个世界上消失了。后来警察把宁卡的酒友们从小木屋里赶走，把小木屋的门钉死了。没了这个朋友，酒友们也就没有地方聚在一起了。后来，他们好像去森林里找别的木屋去了……杰尼斯说：‘所以说，你妈妈再也不会见到他们，也不会再认出他们了。他们就更不会再见到你妈妈了。你可以不用再为你妈妈遭遇的事情而烦恼了。’”

野苹果树下

伊丽莎白·帕夫洛芙娜的内心又涌起一种莫名其妙的感觉。从她的心里到双脚一阵颤抖。为什么她要听一个叫宁卡的人猝死的事情？这个人她从来没见过，一点儿也不了解。她都不知道这个叫宁卡的长什么样……现实中她不认识也从未见过这个人，而在虚幻中确实和她打过交道。她甚至有可能死过一次了。只是不像宁卡那样，宁卡是在自家屋里的床上死的，而她自己有可能死在林间小路边的某处，在那棵野苹果树下……也可能是因为喝了宁卡给的不干净的东西而导致中风，然后这个宁卡从她身上跨了过去……或许，如果那天晚上这棵野苹果树后没有那个偶然路过的人，她就不会获救了……那么她会在林间小路边的野苹果树下一直躺到天亮，第二天采蘑菇的人就能发现她冻僵的尸体。死本身并不可怕，可怕的是女儿因此将承受的耻辱和恐惧。要知道，如果死在林间小路边上的某个地方的话，那么无论你是拥有渊博的知识、获奖无数的女教授，还是在人生的暮年告别自己熟悉的生活、熟悉的工作、熟悉的环境的普通的退休老太太，这都不重要了……你就是一个喝多了酒而死在外面的老太太，一个对社会毫无用处的老太太。是的，如果那天晚上没有一个陌生人来救命的话，这一切都有可能发生。

“妈妈，”娜塔莎给她打电话说，还差点儿哭了出来，“我对他说：‘你给自己买只狗吧，那样就没有人觉得你是个疯子了。你夜里睡不着觉的时候，带着狗去散散步。’他问我：‘那你建议我买只什么狗呢？’我说：‘你就养只吉娃娃吧！’他说：‘可是我连蝴蝶结都不会系啊……’这也太让人感动了，我也不知道为什么，妈妈，这对我来说实在是太感动了，我高兴得眼泪都要流出来了……即便他这句话里包含了多少茫然啊！就是这句‘可是我连蝴蝶结都不会系’，好像他生活中的许多不如意都是因为他不会这个似的……或者他没有结婚都是因为不会这个似的……”

夜里，依柳沙已经睡着了，杰尼斯又给女儿打了个电话，伊丽莎白·帕夫洛芙娜听到了他们的对话，她通过娜塔莎的几句话明白了杰尼斯请求娜塔莎出去聊聊。但是依柳沙在床上翻来覆去，不知道是半睡半醒，还是已经醒了，突然含糊不清地说：“妈妈，爸爸是不是快回来了？”听到儿子的话，娜塔莎请求杰尼斯不要再给她打电话了，她放下电话朝儿子走过去。

“你对他为什么那么不客气呢？”当依柳沙又睡着后，伊丽莎白·帕夫洛芙娜问女儿，“要知道，像杰尼斯这样好的人是可以做朋友的啊！”

“你说什么呢，妈妈？当一个人说出的每句话都是想越来越吸引你时，还能做成朋友了吗？……而且我不能背叛我的丈夫……你说，我怎么跟伊戈尔说？难道我跟他说：‘对不起，我的上一份感情已经从坟墓里复活了……那个一模一样的人再次回到了我身边……我要去追寻自己的幸福……你自己过吧，没有我和依柳沙，你自己也能活下去……’难道我能这么说吗？”

伊丽莎白·帕夫洛芙娜沉默了。从前她也没能对自己的恋人说：“我现在就出去……”或者对自己的丈夫说：“没有我和女儿，你自己过吧……”丈夫很快就去世了……而她的爱人也已经找不到了……

过了几天，杰尼斯又来电话。女儿把杰尼斯的话转告了她：

“我曾经认为，这样的女人是不存在的。我从没见过这样的人……而你是我的女人，我一直都在寻找的人。多亏了你妈妈我才找到了……走吧！我马上就要去意大利工作了。跟我走吧！依柳沙将会是我最亲的亲人，我会像爱你一样爱他。走吧，求你了！”

娜塔莎回复道：“不行。明天我丈夫就回来了。不可能的！”她把电话放下，就去了浴室。伊丽莎白·帕夫洛芙娜听见在门后的浴室里，大开的水龙头里流出的水在“哭泣”……她一边听水的“哭泣”声，一边想，毕竟不是每个人都可以忽视别人的生命……如果女儿对丈夫说她爱上了别人，那么他存在的意义就荡然无存了，他或许也会在路边的某处醉死……

她还想，明天要去那个她从未见过的，但确实存在的林间小路上走一走。去那儿走一走，而且一定要找到那棵野苹果树……那棵她这个“英国女王”在某天的黄昏，差点儿摔倒在旁边的野苹果树，那棵自己的救命恩人曾经驻足的野苹果树，那棵……她一定要找到的野苹果树……

出售母亲

Продается мать

拉达·波利修克 著
原丽莹 译

拉达·波利修克

Рада Полищук

拉达·波利修克，出生于1945年2月，毕业于莫斯科航空学院。俄罗斯作家协会会员、俄罗斯散文作家协会会员、莫斯科作家协会会员、21世纪作家协会会员，欧洲文化之俄罗斯－以色列文学选集《对话》的发行人兼主编。著有9本散文集和1本诗集，约有100篇散文发表在国内外不同的期刊和散文选集里。擅于描写犹太文化、传统的延续和民族的记忆。

我的女儿把我卖给了别人，像卖出一件不再需要的、令人厌恶的，甚至是看见就心烦的东西一样。我没有夸张，也没有胡说八道，这已经是一个既定的法律事实。她在买卖单据上签了字、盖了章，办理完所有必要的交易手续，凭借一笔完全合法的买卖彻底摆脱了我。

她出售了我，背叛了我……

背叛和出售母亲……这是谁都无法接受的！

要知道，我把一生都奉献给了她，没给自己留下任何东西，只剩下这一副生理躯壳了，还要让她在需要的时候随时遣用。而她无时无刻不在利用我！那还用说吗？她就是一个一无所有的混蛋！虽然我很痛苦，也羞于承认，这就是我牺牲自己的唯一结果，但我还能有什么办法呢？如果我的眼睛没有幸运地及时瞎掉，就必须面对这血淋淋的现实。

女儿啊，我的女儿啊，我的小安娜，我的小纽夏啊！她出生时，就像是一个含苞待放的粉红蓓蕾。天呢，那时候的一切都是那么幸福快乐。那时我有丈夫、有爱情、有我们爱情的结晶——我们的女儿，还有梦想，有希望。那时候的梦可真美好啊，似乎完全可以实现我们一家人长长久久、和和美美地生活在一起，手挽手轻松快乐地向前走，一起面对生活中的风风雨雨，一起迎接多姿多彩的生活的梦想。一切就和电影里演的一样。这有什么难以实现的呢？而且最主要的梦想就是要使纽夏幸福，这有什么难的呢？如果做不到这一点，还何谈幸福呢？！

但她却通过广告把我卖给了别人，就像以前的那些滞销商品一样，是把我作为房子的附属品，作为她的一种负担，一起打包卖掉的。合同上的正式表述为：房子可以允许我终生居住。也就是说，我和房子一起被卖了，但我还可以在这里住到死。我不需要过多的洞察力就能感觉到，现在每个人都想让我死，他们已经等不及了，也许正在谋划着让我快点儿死呢！甚至十分有可能,我现在每天都面临着死亡的威胁。尤其是在第二次中风之后，我已经生活完全不能自理了，只能在房子里轻微走动，只有邻居们出于怜悯偶尔帮些忙。

就算纽夏还在这里，就算她还没有出国，我的生活也会是这个样子。我不指望她能帮我。在我生病之前，她从来没有给过我任何关怀，而生病之后，她对我更是除了厌恶，再没有其他任何感情。她甚至连看都没正眼看过我，不愿将精力浪费在令她感到不快、一瘸一拐的动作上。而我则尽最大努力让自己看起来体面、整洁、精神饱满。然而我所做的一切努力都是徒劳的，她对我的态度没有丝毫的改变。很显然，在纽夏的生活中，我的存在是完全没必要的，尽管她曾经一切都依赖于我。

现在我彻底不能自理了。

不知是谁跟我开了一个如此恶毒的玩笑。是上帝吗？我想问问他："为什么要如此对我？"但是，这多少让我有些难为情，让我感觉自己庸俗又愚蠢。

当然，我的处境不是我的过错，完全是由于纽夏的过错才造成我现在不能自理的状态。对此纽夏非常清楚，但是她依旧什么也不干，整日游手好闲。她天性如此，好像她生来就是为了享受似的。我的纽夏在别人眼中是那么优雅，和我的窘迫截然不同。现在的我越是想努力做点什么，样子就越难看。而纽夏从不用努力，她只需轻轻伸出小手，我便立刻为她奉上苹果、咖啡、草莓、奶油、果汁或茶，而且只要她想要什么，这些东西就必须立马准确无误地递给她。我做起这一切来是那么的自然而然，信手拈来。早上我会给她穿好衣服，然后给她洗漱、梳头，在还能抱得动她的时候一直抱着她，然后打出租送她上学。纽夏不喜欢坐公交，因为她晕车，会吐，而且车里的拥挤让她感到很烦躁。她也不喜欢步行，外面有时太冷，有时太热，有时还会下雨。所以她从不步行，出门就打出租。我做了三份工作才勉强满足她日益增长的需求。我在一所中等技术学校教德语，还负责打扫这里的教室和厕所，周末我还要教孩子们外语。除了德语，我还教他们英语和西班牙语。当然，回家后打扫房子、洗衣服、做饭这些活儿肯定还是由我来做。

纽夏整日躺在沙发上，不，她没有生病，她是一个很健康的女孩，在这方面我的丈夫的基因很强大。她只是懒得动弹，百无聊赖地躺在那里：刷刷睫毛，涂涂指甲，扑扑粉。她很漂亮，像个洋娃娃，美得让人移不开眼睛。她要么躺在那里煲电话粥，聊一些无关痛痒的话题——她也实在是没有什么好说的，毕竟大脑空空如也；要么打开录音机，戴上耳机，靠在抱枕上，一副很疲惫的样子。如此日复一日，年复一年，年年如此。她八年级时就辍学了，她讨厌上学，认为上学无聊且枯燥。那什么才有意思呢？她暂时不知道，她还没有找到自己的人生价值，还在寻找中。

直到现在她也仍在寻找。只不过不是在这里，她扩大了搜寻范围，去了美国。天呢，她到底在找什么呢？！她不仅把我和房子卖了，还通过报纸上的征婚广告，把自己和孩子也卖了。那个人就是个骗子，他和纽夏见面后，拿走了卖房子的所有钱，然后把她连同我的小外孙女奥列卡一起扔到了街上。而纽夏一个英语单词都不会说，因为她没有接受过完整的教育。她连最简单的甚至连聋哑人都能完成的工作也无法胜任，无论是洗碗工、清洁工，还是护士都做不了。她也根本不想做，这些活儿都不是她能干得了的。现在纽夏自己失踪了，连带着孩子也下落不明。

与此同时，还有人想偷偷地弄死我，并且不需要想太多的阴招。最可靠的方法就是下毒，这不会引起任何人的怀疑。

再说谁又会对我的死感兴趣呢？从目前的状况来看，我死后他们会马上翻修房子，至少要修理漏水的天花板。所以，我会特别留意药片的颜色和大小，对其进行区分和计算，以免吞下多余的药片。当然，他们也可以把毒药掺在食物里，这样我就无法检测出来，因为我没有猫，没有狗，只有蟑螂。即便真的有小猫小狗，我也会可怜它们，不会让它们去冒险。

但是又有谁来可怜我呢？！

我感到莫名的害怕，虽然我怎么都想不明白，害怕的原因何在。难道我怕死吗？这不可能。我已万念俱灰，没有什么比现在更糟糕的了，更不用说死亡，因为它带来的只有救赎。完美的结束，一下子就能解脱了，这一切我求之不得。但是如果现在让我去死的话，我却很害怕，或者不是为了我自己，而是为了纽夏，为了那个彻头彻尾的混蛋，但她终究是我的女儿，是我的亲生骨肉，还有小外孙女奥列卡，她还仅是个含苞待放的花骨朵儿。想到她，我自然更加害怕起来。

这个天真无邪的小生命突然诞生了。纽夏当时躺在沙发上，喝着冰凉的汽水，听着疯狂的音乐，心情很是不错。突然的分娩也让她始料未及。的确，她的眼中没有太多的惊喜，但也没有太多的悲伤或快乐。但这怎么说都是件大事，毕竟一个小生命诞生了。而我的纽夏，满不在乎地侧身躺在那里，就像一只懒惰又笨拙的小海豹，根本不管自己的女儿：没有给她喂过奶，没有给她裹过襁褓，也没有给她洗过澡。她知道，我在她身边，无私、忠诚、吃苦耐劳的我，可以为她搞定一切。

唉，我在这里说有什么用呢？她从没听过“无私”和“忠诚”之类的词语，即使她听过，也会像听外语一样——只是一个熟悉的音节组合，却不知道是什么意思。

所以，最简单不过的就是悠然自得地躺在那里，而我却一直像个陀螺一样忙个不停。我很可怜奥列卡，我的小外孙女。但是说不定，突然有一天会出现奇迹，突然一切都会好起来，我们又可以长长久久、快快乐乐地生活在一起，一起编织我们美好的未来。哦，天呢！我怎么还会有这种指望呢？希望的残骸早已被摧毁，消失得无影无踪了。纽夏浇灭了我所有的幻想，将我的努力变成了徒劳。我的整个一生已经不能仅用可怜和悲凉来描述，而是凄惨至极。

快点死吧，快点让我死了吧！再也不想忍受这种痛苦！“为什么？为什么？”我忘乎所以地大声呼喊着，却只能喊出这一句，“为什么？！”我用手捂住自己的嘴，凝神听着，却什么也听不见，既听不见自己的声音，也听不见想要的答案。

我想死。

我只希望在我死之前能知道她们还活着，知道我的纽夏和奥列卡还活着，这样我就放心了。我通过大使馆向警方报了案，他们告知我，对于纽夏和奥列卡这种非法移民，即便是死了，也不会有任何记录，因为她们根本就没有登记过；即使她们去登记，也不会给她们做登记，这属于双向违规。而纽夏，这个混蛋，三年来杳无音信，临走时从我这里拿走了所有能拿的东西，现在她应该知道我已危在旦夕。可是就算她能在我临死前勉强回来看一眼，我也再给不了她任何东西了。她能挑走的东西都已经拿走了，一件不剩。

我依旧在等她们的消息。

我每天都小心翼翼地按照医嘱服药，尽力延长我这令人厌恶的生命，能延长一天是一天，盼望着我的女儿和小外孙女能有消息。说不定我那身在异国他乡的纽夏突然感到疲惫了，或是变聪明了，虽然她从不是个傻子，哪怕是能变得有一丝善心也好。又或者她能感觉到悲伤，让外语字典里那些"痛苦""悲伤"的词语突然获得了现实意义。让她感到痛苦，让她哭喊出来，让她痛苦得受不了。只有到了那时，同情和怜悯才会油然而生，不仅是对自己，也会对亲人。

哎呀，我是个无可救药的理想主义者。或者说得更难听点，我就是一个白痴，一个平庸的老白痴。不，我知道，我在书中读到过，生活中也不止一次地看到过，一个人在经历了可怕的打击后反而变得更加善良，这种事情是有的，也很常见。只是我的纽夏肯定不会这样，因为她是用其他某种耐火材料制成的，从指甲到骨髓都是如此的顽固不化。一想到是我生下了她，我就毛骨悚然。

这一切吓得我浑身发抖，魂飞魄散。

当我怀上她的时候，我就疯狂地爱上了她，只不过这种疯狂是一种平静的、无上幸福的感觉。那时我就一直憧憬着这个小生命的诞生。从怀孕初期开始我就能听见她的胎心，通过她的声音，能感觉到她是一个女孩。我不仅能分辨出她的声音，还能和她对话，也就是说，每当她移动时，我就回应她，她动得厉害时，我就放松身体，几乎是不需要思考，但总能找对体位，一次也没在肚子里的小宝贝面前失了颜面。我总是时不时地轻笑几声，因为她左脚的小脚趾总是挠我，让我觉得痒痒的。是的，绝对没错，就是左脚的小脚趾。我特别想吃草莓果酱馅的油炸煎饼，我知道这是肚子里的女儿馋了，于是我们狼吞虎咽地就着凉牛奶大快朵颐起来。煎饼上被厚厚地涂了一层黏黏的红色果酱，有一块地方像凝固了的脂油一样，我仿佛看到她吃到鼻尖上的小油滴闪着亮光。不能再吃了，我笑着说，你还小，不能吃那么多油炸食品，以后长大了再吃。咱们去游泳吧。于是我们潜入清澈的冷水里，而她像条小鱼一样在我的肚子里翻来覆去地转动，我用手把她按住，她又重新滑脱出去，小巧玲珑。我们越潜越深，已经潜到了水沸腾冒泡的地方，皮肤有些发烫。我感觉呼吸困难，一大股水流打着转儿呛到了干涩的嗓子眼儿，卡在了一个地方慢慢冷却下来。我用双手抚摸着肚子，尽量控制着急促的呼吸，免得她受到惊吓。

天啊，那是一种怎样的幸福啊！那是一种令人煎熬的幸福，而这种煎熬持续了九个月。我每时每刻都处于担惊受怕的状态，总是半夜惊醒，冒着冷汗，再睡着时，又会感到难以呼吸。那是一种痛苦的幸福。那是一种持续了很长时间、痛并快乐着的幸福。

在幸福的巅峰时刻我曾感觉生不如死。

显而易见，接下来的分娩过程要么下到地狱，要么像天使一样上到天堂。我的命运是急剧下滑，越滑越快，剧烈的疼痛像锋利的毒刺一样扎进我的身体，我不知该如何减轻痛苦，我不会，也来不及学习一些基础技能。我不懂方法，也没有力气。我的力气被榨干了，已经像一块地板抹布一样，既不能用它擦脚，又无人可送。

现在，没有人为我埋葬，为我哀悼，甚至连为我抛尸的人都没有，更不会有人留恋我。

这就是纽夏对我的态度，所以我也没什么好抱怨的。难道被卖一次还不够吗？我又能指望谁呢？指望谁会为我流泪呢？要知道我的女儿已经把我掏空了,然后扭头就弃我而去。而我还在这里受罪，但是我的生命力很顽强，无论什么痛苦都能承受。虽然悲惨至极，但我依然苟延残喘着。我仍存有最后一丝希望,那就是在临死之前知道纽夏和奥列卡还活着。一旦知道了，我就可以永远地走了，径直穿过窗台，踏入寒冷的、暗无边际的灰暗中，与之融为一体，成为众多无名水滴中的一员，化作一只不易察觉的瞳孔附在自己家的窗玻璃上，全神贯注地窥探着接下来发生的所有事情。

要知道，一定会有事情发生的。

现在重要的是要行动起来，让这些事情早点发生。我不能再浪费时间了。至少在我毫无意义的生活中掀起一些波澜。所以，我从珍藏的药瓶里拿出一把药丸，这些药丸是为我万不得已时准备的。我匆忙地吞下，喝了口冰凉的、已经变了味的茶水。看，这是我被无情抛弃的又一证据，没有人需要我。我要主动推动这件事情的进展，消极的等待过程是让人无法忍受的，我不能再这么被动地等待下去。

吃完药之后，我的身体变得像从前一样轻盈和自在，不需要再绷紧每一块肌肉才能艰难起身，也不用再因自己的虚弱而承受痛苦和恐惧，甚至是自我厌恶。我轻飘飘地飞了起来，似乎漂在一张肮脏的、恶臭熏天的床的上方，或是一艘满是生活垃圾的船的上方。而这些是见证我存在过的唯一可见可闻的东西。现在这里遍地都是尘土、蜘蛛网、蟑螂，这个曾经既舒适又明亮的家，哪怕从表面上看是这样，现在却变成了一个闷热、臭气熏天的地牢，将无辜的灵魂无限期地禁锢在这里。

漂在上方的感觉非常棒。一切又好像回到过去，回到了纽夏出生之前。那时的她还像一条小鱼一样，在我的肚子里游来游去，让我幸福满满。那时的我，无论是动作上，还是心理上都有一种难以置信的轻松感，灵魂和身体都轻飘飘的。而在纽夏出生之后，我的手上、脚上和脖子上都像拴了沉重的铅锤，在地球引力的作用下，被牢牢地束缚在地面，无法挣脱，也没有意义挣脱。能挣脱到哪儿去呢？又为什么要挣脱呢？但是我终究还是屈身向下，头着地，想要挣脱这一切，却看不到尽头，也得不到救赎。

我现在漂在上方，马上就要解脱了。我即将附在窗户上，看着窗内发生的一切。

哦！那里有些古怪的事情发生……虽然一切看上去和往常一样，但有些东西已悄然改变了，变得让人认不出来了。新主人还没来，房子里很亮，看上去空荡荡的。所有的门都开着，像是在等着谁。窗台上有一封电报，上面写着："7月7日到达。格尔达，南希。"然后不知道谁的声音从空旷的房子里传了出来。这声音很清晰，而且我可以确定，它是在呼唤我。

但我已经不在了。

我如今变成了一滴附在窗玻璃上的灰色水滴，一只难以察觉的瞳孔。然而，我能听见、能看见、能明白。当然，并不是所有的事情我都能做。电报上的7月7日是我的生日，格尔达是我的祖母，那么南希又是谁呢？电报是打给谁的？如果这些问题仍没有答案的话，那么我的死亡终究是什么东西呢？一种类似焦虑、可怕又痛苦的熟悉感刺痛着曾是我的心脏的某个地方，就好像有一根针将我这滴浑浊的灰色水滴牢牢地扎在窗玻璃上。但我是自愿附在窗玻璃上的，我要好好看看，接下来会发生什么事情。

于是，我在窥探着房子里的一切。

只见一个影子出现了，在空荡荡的房间里走来走去，好像在寻找什么东西，或者在寻找什么人。

然而房子里一个人都没有。他们一直都在盼着我死，等都等不及了。而现在我死了，他们却不急着收回空出来的房子。这很奇怪。一切都很奇怪。电报是谁发来的？格尔达？南希？南希是谁？这和我的生日又有什么关系？我现在到底在哪儿？简直是一团乱麻！

我只记得我想死。我记得刚开始的时候感觉到轻松、自由，现在我却觉得，我想活着。“我想活着”的这种想法多么令人讨厌啊！也不应该再活着！纽夏如果知道了，肯定会嘲笑我的，也许她是对的。

但是，无论如何，我觉得，我还是想活下去。

我不仅想知道在我死后那里会发生什么，还想亲自去参与，去感受，去体验那些过程。很显然，我感觉自己活着的时候经历太少，所以想在死后再多经历一些。正因为我的内心没有得到满足，所以我不能安心地、体面地、不留遗憾地和这个世界说再见。

这多少有些疯狂！

我的灵魂渴望安息，我一直都记得安息这件事情。我也再没有力气去做其他的事情了。现在发生的事情越来越令人困惑。要知道我已经死了，而且是自愿离开这个世界的。对于这个世界我有着很深的情感，同时也觉得这个世界令人厌恶，令人难以忍受。这是一个麻木不仁的，充斥着恐怖、血腥的世界，在这样一个世界里，愿望是不可能实现的。这是一个可怕的世界，到处都是令人厌恶的生物，他们想要毁灭每一个内心充满爱、怜悯和同情的人。这是一个既黑暗又残酷的世界。

我已经离开了这个世界。但出于某种原因，我把瞳孔附在了脏兮兮的窗玻璃上，就像贴在锁眼上，无法克制的好奇心在这最后一刻跳了出来：我死后会发生什么呢？会怎么样呢？

其实不怎么样。

没什么难以理解的，似乎我不仅想要身体离开这个世界，还试图抹去长年积累的痛苦记忆，所以一直徘徊在某个地方，不肯离去。然而，这是徒劳的，记忆不会被抹去。我已经死了，而我的记忆还活着，它们完整地、原封不动地穿越了死亡。突然，一切都清楚了：格尔达就是奥列卡，我的小外孙女，南希就是纽夏，我亲爱的女儿，她们将从遥远的美国飞回来，就在我生日的那天。

而我却在这一天刚好决定结束我这万恶的生命，总是这么不合时宜。天啊，这该死的巧合！我该为此感到痛苦还是幸福呢？我不知道。

我只是想看看她们，想知道我的南希和格尔达是从哪里回来的，要在这里待多久，以及她们为什么要回来。只要再看一看她们，把想知道的事情问明白，我就安心了。这次是真正地、永远地安心了。其实灵魂出窍之后，附在这里也挺好的，至少不会有人再祸害我，或者向我索取什么。我再也不欠任何人的任何东西，不会成为任何人的累赘，因为我已经不在了。

瞧，今天她们回来了。南希和格尔达，也就是我的纽夏和奥列卡从海外回来了。她们将会走进房子，而我却不在了。没有人通知她们我失踪的消息，也没有人能解释我在哪里，发生了什么。整个死亡过程都没有见证人，没有人哀悼，没有人告别，也没有人试图阻止我。因为根本没有人在乎我，这并不新鲜，它早就作为一个令人心痛的事实摆在那里。或者，更确切地说，就在今天之前我还为此感到痛苦。而现在，我完全满足了，没有什么可焦虑的了。

如今我彻底安心了。

我只想再看看她们。毕竟我已经很久没有见到她们了，就连照片也没见过。奥列卡那时还很小，长得特别像她的太祖母格尔达，皮肤白皙，嘴唇上翘，眼睛看起来严肃认真，像两个黑色的纽扣，紧贴着她的鼻梁，纤细的眉毛微蹙，高高的额头光洁无瑕，还有一头浓密的深棕色头发。她长得像极了她的太祖母，大自然的游戏多么奇妙啊！纽夏给奥列卡起的新名字竟然是“格尔达”，她真是太聪明了，我没想到她会通过这种方式，用一根无形的绳子把我们紧紧拴在了一起。唯一困扰我的就是：她怎么会想起这个名字？是谁提醒她的？她怎么会知道自己曾祖母的名字？要知道，如果不是因为要卖我的房子，估计她连我的名字都忘了。不，纽夏根本就不知道她的曾祖母也叫格尔达，这只不过是个巧合。我白白高兴了半天，突然，我陷入了困惑之中。我好像根本不了解她，不了解自己的女儿纽夏，或者说是南希。

我只知道她把我的财产骗取一空。她是如此渴望摆脱我、逃离我，越远越好。她说，她和我再没有任何关系，甚至连我给她起的名字也改了。而格尔达这个名字，只是个偶然的巧合，我的小外孙女恐怕已经不会说俄语了，我对她来说什么都不是，她也从没听说过任何关于我的事情，对此我深信不疑。曾祖母对她来说完全是一个抽象的概念，没有人会向她说起我。在异国他乡的美国，纽夏是不会回忆起家里的糟心事的。我真想亲自把一切都告诉格尔达，哪怕是用英语，但是我已经不在了。我已经离开了这个世界。

也许，我还是走得太匆忙了？应该等等奥列卡。说不定她和我的纽夏完全不同,是另外一个样子呢？这太有可能了。说不定，她不仅外表长得像她的太祖母格尔达，连性格和思想也都很一致呢？要知道，她的太祖母格尔达从年轻时起，一直到生命的最后一刻，都备受大家的爱戴和尊崇。她临终时，全家人都围绕在她的身边：儿女、儿媳、女婿、孙子、曾孙、姐妹和姐妹家的孩子们、邻居，甚至连和她半点血缘关系都没有的熟人都来了。有一张业余爱好者拍的照片，那是人们为了留个纪念和她拍的合照。他们在她身后站成了三排半圆的队形，每个人都悲痛万分，那是真正的悲伤，而她的脸则像往常一样乐观、善良，一直保持着微笑，甚至还能看到她塌陷的脸颊上有两个酒窝。只是从她鼻梁上深深的褶皱中能看出她在强忍着疼痛。

说不定奥列卡也是这样的人。但是我已经死了，现在我再也不会知道了。

我紧附在脏兮兮的窗玻璃上，因满腹疑问而备受折磨。突然，我感到有些潮湿，不知是什么东西沿着窗玻璃流了下来，在油腻腻的窗玻璃上留下一道细细的水痕。眼泪？！我又哭了，我的灵魂依然无法安息。这意味着，没有什么所谓的尽头，也没有什么救赎，死后什么都没有，没有什么值得为之努力的东西。有的只是任何人都无法逃出去的圆圈，圆圈的曲线像是被泪水模糊了的神经线，附在窗玻璃上，漫无目的、毫无意义、绝望地徘徊着，游荡着。

然而，奇怪的是，我那不安的灵魂却不想死去。它热切渴望能够回归幸福的未来，虽然这未来并不存在。

是的，没有什么幸福的未来，但是未来总会发生些什么。我边听边看，纽夏和奥列卡，或者说是南希和格尔达，她们是怎么走进这个房子的，这个以前是我们的，但现在已经属于别人的房子。空荡荡的房子也警觉起来，这段没有主人的艰难时期让它变得异常敏感，连房子里的物品都窘迫地僵住了，蜷缩在角落里，好像藏了起来。不，它们以前就是这样摆放的，但我能看到，现在的它们确实是在躲藏。蜘蛛网悬在上面，像是许久未洗、布满灰尘的窗帘一样，遮住了它们。

一切都在紧张的期待中定格了。而我也在这里，在窗玻璃上，僵住了。

只有纽夏什么都不怕，什么也不担心。她用脚狠狠地踹开门，力气如此之大，以至于顶棚上常年积累的白色灰粉都被震了下来，厚厚的一层。如果是在纽夏小时候，她还不能一步迈过门槛，会在这老房子的门槛上留下自己的小脚印。但现在的她很轻松就迈了过去。然而她什么也没发现，将手提箱往地上一扔，“哐当”一声，整个地板都在颤抖，响声传遍了房子的每个角落。纽夏用手捂住鼻子说：“哎呀，臭死了，真恶心！”唉，我了解自己的女儿，她向来娇生惯养且傲慢无礼。回到阔别已久的故乡后说的第一句话竟然是：“熏死我了，呸！”“赶紧给所有房间通风，擦干净，就会好很多。但是妈妈在哪儿呢？”现在的南希像极了当年的小纽夏，简直一模一样，只是动作更温柔、更平静、更沉稳，而且更细心，因为她最终还是发现了我不在。和她在一起的两个女孩，像双胞胎姐妹一样，靠在一起，用英语小声地咕哝些什么。她们好奇地环顾着四周，这儿的一切对她们来说似乎都是新鲜的、陌生的，但多多少少又有点模糊的记忆。她们低头看向椅子，看到一个浅色头发的洋娃娃，只剩下一只胳膊，额头上还有一道裂缝。这是我送给奥列卡的第一个生日礼物。她那时很喜欢，爱不释手，但纽夏出国的时候没有把这个洋娃娃带走，她从奥列卡的手中扯下洋娃娃，扔到角落里："离那个丑八怪远点，以后你将会有真正的芭比娃娃。别哭了！"眼泪凝在奥列卡的睫毛上，看上去像琉璃冰柱。而这个没有名字的残疾玩偶，也就是奥列卡的第一个洋娃娃，静静地坐在我旁边的椅子上。它就像一个沉默的伙伴，见证了我的每一刻，此刻也像一大颗水滴，随着我虚弱的心跳落向了不为人知的世界。她俩把洋娃娃传来传去，小声地说着些什么。她们怜惜地抚摸着它，莫非，她们想起了些什么吗？"娃娃（俄语）。"奥列卡说，她小心翼翼地用舌头尝试发出每一个陌生的音节。"娃娃（俄语）。"格尔达说。她们两个都笑了。我亲爱的孩子们啊，我多想抱抱你们啊，把你们紧紧搂在怀里，只有感受到你们身上亲人的气息，我才能冲破层层的阴霾，安心地走向未知的生活。

奥列卡还是格尔达，外孙女还是祖母，一切都有些错位。在窗玻璃外面的我无法确定这个被所有人遗弃的房子里到底发生了什么。不知是世界突然变成了两个，还是这种分裂的画面只出现在我的眼中。

格尔达（奥列卡）和南希（纽夏）在满是尘土的地板上走来走去，她们拭去面前的蜘蛛网，点燃了吊灯和壁灯。灯好亮啊，甚至亮得有些过头，就像探照灯的光一样亮。一只瞳孔在外面偷窥着她们的一言一行，它满含泪水，泪水一滴滴落下，咸咸的，模糊了视线，那些像是从小型望远镜里看到的画面也被冲乱。窗户打开了！而我附在窗玻璃外面，在一个舒适的位置上思考了很久。现在我还可以看，可以听，可以感同身受。是的，我还活着。

噢，天哪，我竟然还活着！而且今天是我的生日，我自己都不记得了，这一天在很久以前就不再是我悲伤或快乐的理由了。如果不是南希（纽夏）、格尔达（奥列卡）发来的白纸黑字的电报上写着："7 月 7 日到达……"

生日……忌日……离开的日子……到达的日子……一切都在同一天。奇怪的巧合。是偶然还是必然？或者仅仅是时间轴的偏移？今晚午夜时分，所有时钟上的指针突然停止，所有早已发生或马上要发生的事情，都定格在这一天的这一刻钟。不管实际上是几点，表盘上的指针也全部归零。

时间停止了……我从没想过这会成为可能。一切都如我所愿地定格在这一瞬间。虽然我已不再是我，而是一滴附在窗玻璃上的灰色小水滴，但是我能透过窗户看到屋内有几个奇怪的人正在为我庆祝生日。虽然我不在，不知道他们曾存在于我生命的哪一个时刻，但此时他们出现在这里，在这个没有主人的房子里。这里既有我的纽夏，她厌恶地皱起自己的小鼻子，极力地想要摆脱我，也有她的影子，忙碌又热情的南希，对于我来说她是一个陌生人，但是在她身上我又能感受到亲人的气息，那是令人幸福的挠痒痒，仿佛我在冷水里潜水，而我的身边或者我的身体里有一条滑溜溜的小鱼，潜在清澈的水里，游来游去。这里还有一个叫奥列卡的女孩和她的孪生妹妹格尔达，格尔达看起来和我祖母小时候一模一样。只见她举起一杯金黄色的气泡水，大声地先是用英语问："我的曾祖母在哪里？"然后又用蹩脚的俄语问了一遍："我的曾祖母在哪儿呢？"

纽夏慵懒地抬起胳膊，用纤细的食指直接指向我的眼睛，指向窗户上的瞳孔："那不，她就在那儿，在旁边，那儿呢！"

我惊恐地眯起眼睛，缩成一团。难道女儿看到我、认出我了吗？或者她已经猜到了？好尴尬，好羞愧啊！如果我有机会见到格尔达（奥列卡），我会对她说些什么呢？我要怎么解释自己这种荒诞的行为呢？没有合理的解释，总不能告诉孩子我整个失败的人生吧！不，她不需要知道。现在我别无选择，只能永远地离开，不再有诡计，不再有伪装，不再有灰色的水滴，不再有瞳孔，不再有脏兮兮的窗玻璃，不再有锁眼，也不再有回头的一丝希望。

我要走了……

我已经什么都看不见了，也几乎什么都听不见了。“我的曾祖母！”声音飘来，又飘走……

“我的亲人们……”声音慢慢地消失在远处……

不知道是谁的眼泪……

或许是，笑声？

又或许是……

我终究还是很遗憾，为什么偏偏决定在今天死去呢？

哪怕再多忍耐一点点。

哪怕是一点点……

佳偶天成

Обручальные лучи

萨尼亚·莎娃丽耶娃 著
原丽莹 译

萨尼亚·莎娃丽耶娃

Сания Шавалиева

萨尼亚·莎娃丽耶娃，生于1964年10月，俄罗斯儿童文学作家、剧作家，俄罗斯作家协会会员。自1995年以来，担任《银铃报》儿童专栏“每日童话”的作者。1995—1999年，成为杂志《骏马》中儿童版块的常驻作家。获得过俄罗斯和国际文学比赛各类奖项。

太阳坐在湖边，用水蒸气捏出一朵朵云彩。这件事情对他来说再简单不过了：只需将手往水里一放，水马上就沸腾起来，冒着水汽。太阳用手掌把这些水汽拢在一起，把它们做成各种动物形状的云朵：这边是一头栩栩如生的大象，那边是一头单峰驼，还有一只小白兔在天空中翩翩起舞。

不远处，在一棵大橡树的树荫下躲着一个老头儿。他尽量不去打扰太阳的创作，耐心地等他停下来。

“你有什么事吗？”发现有客人来，太阳伸出手想要握手问好，但是老头儿拒绝了他。

“我刚到这里不久，”老头儿难为情地笑了笑，“就是突然想不起我为什么来这儿了。”

“那你……”太阳等他继续说下去。

“哦，对了！”老头儿急忙把手伸进口袋，掏出一张纸，照着纸上念道，“我叫蛤蟆菌。”

“这个我知道，接着往下读。”

老头儿用手指着纸上的一行字，念道：

“你知道吗？我们那里盛开了……确切地说，是长出了一个新的毒菌子。她特别特别美，美得不可方物！她的头啊……这么大！”他大张开双臂，赞叹不已。

“她的身材，美极了！”

老头儿伸出他那细瘦干瘪的小指，竭力想要描述出毒菌子所有的优点，要知道这可是他的最爱。

“那完美的曲线！那高挑的身材！她那浅白色的头，边上竟然是蓝色的！我从没见过这么美的毒菌子！她夸了我一句，我就高兴得找不到北了！我就这样拜倒在她的石榴裙下，连自己叫什么都忘了。”蛤蟆菌如痴如醉地诉说着，春心荡漾。

“所以你就来我这儿了？”

“嗯，是的。”

太阳有些不满地耸了耸肩。他作为这个世界上唯一的光源，要关心的事儿实在是太多了。哪有工夫在这里浪费时间！

他跟蛤蟆菌摆了摆手，转身往自己家的方向走去。蛤蟆菌感觉有点儿失落，他把菌帽拉低，遮住了自己的秃顶。突然，他恳求道：

“求您帮帮我吧！”

“你是喝茶还是喝咖啡？”太阳表现得特别热情。

老头儿却被开水烫到了，有些生气，撇着嘴，从鼻子里“哼”出了一声。

“她……也在这儿，就在那边。”

“谁？”太阳诧异地问道。

“就是我的毒菌子，还有我们的孩子——蜜环菌。”这个时候太阳已经不生气了，他哈哈大笑起来，笑得前仰后合，嗓子里发出一连串“咯咯咯”的声音……

“我的天呢……俗话说，笑一笑，十年少。我现在和你在一起，都得年轻五千岁了……哎哟，笑死我了！”

“树墩子是很不方便的交通工具……车上完全没有人给我们这些老年人让座。”

“等等，等等，你的事儿跟树墩子有什么关系啊？你刚才不是说你和毒菌子生出了蜜环菌吗？”太阳最终还是忍不住问道，“原来……都是你在胡说八道。”

“我一点儿也没有胡说八道，我们真的生出了特别好的蜜环菌。”蛤蟆菌反驳道。

“我不相信。”太阳眯起眼睛，“那你跟我说说，蛤蟆菌怎么可能生出蜜环菌来呢？”

蛤蟆菌刚才一脸得意的笑容消失了，露出了吃惊的表情，他觉得太阳提这样的问题是为了侮辱他，或是想把他逼进死胡同里。他猛地站了起来，那敏捷劲儿一点都不像一个小老头儿，喊道：

“要知道这是我的本事，藏也藏不住！再加上我的勤奋、努力和我对毒菌子的炽烈的爱，这么优秀的结合，什么东西生不出来呀？”

太阳深深地叹了口气。

“希望你们生的不是假蜜环菌吧？”

“你这是什么话？怎么会……我跟毒菌子可是真心相爱、两情相悦的。只是我们现在需要你的帮忙。”

太阳笑了：

“可是，看起来，没有我的帮助你们也生活得挺好啊！”

“可不是嘛！但是现在毒菌子把我迷得神魂颠倒，我把一切都忘了，只记得有一件事非常重要。”蛤蟆菌央求地看了一眼太阳的眼睛，小声咕哝着，然后又开始读了起来，“我们要结婚。”

“那有什么难的？那就结呗！”太阳不明白问题所在。

老头儿叹了一口气：

“可是所有人都拒绝了我们的结婚申请。我们去了市政厅，去了农业委员会，还去了工会委员会，他们都不同意。现在只能指望你了！”

蛤蟆菌的眉头紧锁。

“难道这点小事儿还需要我出面吗？”太阳不高兴地问道。

“求求您了！”

说完蛤蟆菌双膝跪倒在太阳面前。

太阳连忙扶他起来。

“不，我不起来，我不起来。”蛤蟆菌惊慌失措地说，“我太爱毒菌子了……现在心里急得像着了火一样。”

“好吧，你的毒菌子在哪儿呢？”太阳做出了让步，问道。他本想看看蛤蟆菌听到这句话之后的反应。只见蛤蟆菌一下子跳了起来，健步如飞地跑到橡树旁，从橡树后面拽出了羞涩的毒菌子。

“我就知道，你会帮助我们的。”蛤蟆菌一个劲儿地向太阳鞠躬，表示感谢。

“你愿意嫁给他吗？”太阳笑着问蛤蟆菌的未婚妻，她点点头，然后就藏到蛤蟆菌身后。

“那就成了。”

太阳走进自己的屋里，从里面拿出一个小丝绒盒子。在猩红色的绒枕上有两枚婚戒，两缕阳光交织照射在上面，谱写出一段爱情佳话。

“我的孩子们，现在我宣布，你们正式结为夫妻。”太阳隆重地说道，“愿你们白头偕老，永结同心。”两位新人交换了戒指，然后，一切就像童话故事里写的那样，在他们接吻的时候，老头儿变成了一个年轻的小伙子，毒菌子也变成了一个美丽的姑娘，而他们的孩子，那些在爱情中诞生的蜜环菌，也从来都不是假蜜环菌。

晴和的初秋

Бабье лето

伊琳娜·利沃娃 著
李俊杰 译

伊琳娜·利沃娃

Ирина Львова

伊琳娜·利沃娃，生于1964年10月，俄罗斯作家、文学家，语文学博士，俄罗斯作家协会会员。本科毕业于列宁格勒国立大学（现为圣彼得堡国立大学）俄语语言文学系，博士毕业于诺夫哥罗德国立大学。研究方向为美国文学、比较文学和陀思妥耶夫斯基作品研究。现为彼得罗扎沃茨克国立大学日耳曼语言文学教研室副教授。2003年出版短篇小说集《如果有人问我……》，2009年发表中短篇随笔集《变奏曲》，2011年发表小说集《不速之客》，2016年发表中短篇小说集《命运登记簿》等。出版学术专著有《陀思妥耶夫斯基与美国1940—1960年长篇小说创作》（2008）、《世纪之交——陀思妥耶夫斯基作品对德国的影响》（2012）。

要想活下去，真不是那么容易。

这个夏天一直寒冷多雨，阴暗昏沉的天空中不见一丝阳光。难熬的日子拖延着，顽抗着……漫长得没有尽头。突然有一天，盼望已久的阳光来了。

“这是秋老虎来了！”塔季扬娜·瓦西里耶夫娜在公交车里听到这句话。太阳光线宛如白天一样拉长了，背阴处的影子也拉长了，这些现象原来都是因为秋天来了。随即，听到的这句话使她回忆起秋天长在小畦间的西芹和茴香散发出的馥郁湿润的香味，然后又想起自己第一次在乡间别墅度过初秋时的情景。

那时，丈夫想要买一块地，建一栋乡间别墅，开辟一个小菜园来种植新鲜的蔬菜。对于丈夫的这个想法，塔季扬娜·瓦西里耶夫娜一开始连听都不想听，因为她不喜欢郊外生活，她认为郊外的生活有诸多不便。为何要舍下城市的舒适呢？反要按照新的方式去生活，还要去干别墅田地里的农活儿。对她而言，买了别墅就意味着放弃了青年时的志向，意味着已到达人生的终点，也意味着承认自己的能力有限。但是渐渐地，她被丈夫说服了，丈夫确实十分渴望别墅生活。所以春天他们一直忙着找地方，后来终于在离一片狭长的湖泊不远的山丘上选了一块地，湖对岸是茂密的森林。初秋时，房子的框架建好了，灌木丛种好了，在一处小畦上还长出了西芹和茴香，塔季扬娜·瓦西里耶夫娜感觉自己已经沉浸在西芹和茴香的香味里了。

“这味道太迷人啦！”她深深地吸了一口气。

丈夫得意扬扬地看了她一眼，说道：

“你瞧，在城里我们怎么能见到这样的初秋美景呢？”

后来她自己还奇怪，那么忧郁的秋天气息和泛黄凄凉的白桦树，是如何成为她最难忘的幸福回忆呢？

那一年，塔季扬娜·瓦西里耶夫娜一直有一种事情怎么做也做不完的感觉，生活中各种事情交织在一起，犹如一团乱麻——装修房子和院子，偿还债务，改变生活计划，调整生活节奏。不得不放弃去南方旅行，在新的生活没稳定下来前，不知道未来还会面临多少妥协。唯独女儿喜欢这一切。她在房子里跑来跑去，然后开始用杂乱的树枝搭草棚。塔季扬娜·瓦西里耶夫娜永远记得白桦树闪烁着金色的光，女儿的叽叽喳喳声，通向房子的那条湿漉漉的小路，还有那一小片绿色西芹。她不由自主地想留住这些温馨的瞬间，或者说，她多么期望这些美妙瞬间的再次重现啊！

那时她还不知道，在别墅里每日重复的琐碎的生活好像使时间静止了。塔季扬娜·瓦西里耶夫娜没发现，她已经安于郊外的日常生活，不再数着时间过日子了。

但是生活往往在不经意间悄然消逝，仿佛有某些东西消磨了她。虽然也有人提醒过塔季扬娜·瓦西里耶夫娜，说她早晚会计算损失的，但她还没有做好改变这种别墅生活的准备。现在她喜欢幻想，喜欢做大大小小的计划，喜欢活在当下，畏惧展望未来。然而她的努力都是徒劳的，这种试图留住过往的日子、使生活完全回归过去的努力是徒劳的。

电话铃响了。

“你在哪儿？”母亲伤心且严厉地问她，就像她自己以前对妈妈提要求的口气一样：给我什么……为我做什么……保护我……当时的母亲无所不能，而塔季扬娜·瓦西里耶夫娜却感到自己无能为力，所以心里无比内疚。

每天穿越整座城市去看母亲使她筋疲力尽，而母亲似乎没有注意到她的疲惫，不断地抱怨自己生病，但其实她是抱怨女儿对她的关心不够：为什么她得一个人生活？谁是她的依靠？

不久前，母亲的眼睛渐渐开始失明，需要做手术，但是母亲迟迟不做决定，总是推三阻四的，尽管塔季扬娜·瓦西里耶夫娜认为做手术并不是什么大不了的事儿，应该尽快做，因为生活还得继续。她甚至发火了，母亲怎么可以这样优柔寡断，这样等下去只会使自己的失明越来越严重，眼前越来越黑暗。她其实不理解，母亲面对的是比失明更严重的问题——恐惧。这是她当时不明白的，因为突然间她觉得和母亲生活在不同的时代，而实际上，她们一直都是如此，现在两个人都感到孤独、疏远，都在生对方的气。

“我已经在公交车上了。”塔季扬娜·瓦西里耶夫娜回答道。她想，现在是时候提出让母亲搬到自己家里住了。

那一年，邻居邀请她参观自己的园地。不经意间她们仿佛来到了植物园，那里有各种各样的植物，有很多她未曾见过的草、花和精心侍弄过的灌木丛。塔季扬娜·瓦西里耶夫娜觉得安静的花园仿佛处于不断的变化之中：各种形状和色彩交相辉映，你中有我，我中有你，此起彼伏，似乎可以听见它们竞相开放的声音，好像一个隐身乐队在演奏着一曲扣人心弦的乐章。塔季扬娜·瓦西里耶夫娜感到喜悦，仿佛自己遇上了什么好事一样，她的心里充满了对世界的爱，对安静又美好的秋日小花园的爱。她看了一眼邻居，这个长得不好看的女人的脸上洋溢着幸福。塔季扬娜·瓦西里耶夫娜想，邻居肯定知道幸福的秘诀。也许自己以后也能喜欢上这个偏僻的地方，喜欢上这样孤独寂寞的生活，也会把这里变成美景，把短暂的初秋时节变成快乐的花园。

母亲没有说话，满腹心事地默默迎接女儿的到来。塔季扬娜·瓦西里耶夫娜像往常一样感到内疚。她本想找合适的词语和母亲搭话，却突然像小女孩一样脱口而出：

“妈妈，搬来和我们一起住吧！哪怕是只住上一阵子，直到恢复视力为止。莉莎的房间空着呢。”

说完她不吭声，等着母亲的答复。

“我们两个人在一起合不来。”母亲看都没看她便说道。看得出来，母亲早就看明白了这一点。尽管这是事实，但母亲的话还是伤了她的心，塔季扬娜·瓦西里耶夫娜厌烦地抓起手提包，去厨房准备午饭。

“莉莎怎么样了？她没给你打电话吗？”母亲问道。从这个问话当中，塔季扬娜·瓦西里耶夫娜同样听出了母亲的责备：当女儿的不怎么样，当妈的也不称职。

“我把明天吃的白菜汤也给你准备好吧。”她从母亲那里学会了如何逃避令人不快的谈话。

“不用了，我还有鸡汤。”母亲嘟囔道。

塔季扬娜·瓦西里耶夫娜知道，母亲这么说其实就表示她同意了。按照惯例准备好白菜汤（所有的蔬菜都来自郊外小畦间），让她想起母亲从小就养成的习惯——早上喝粥，周末喝白菜汤。这还意味着今天她要和母亲共同度过整整三个小时。

不久前母亲迷上了听收音机，每一次她都会对塔季扬娜·瓦西里耶夫娜讲最近的新闻，塔季扬娜·瓦西里耶夫娜准备好听长篇大论的同时，想着自己的心事。

但母亲追问道：

“关于莉莎你还只字未提。她为什么不打电话？”

“妈妈，你知道现在莉莎处于艰难时期，她顾不上打电话。”

“怎么能顾不上打电话呢？”

母亲拿起汤勺，双手颤抖，塔季扬娜·瓦西里耶夫娜心里发紧了。

“现在的孩子都是靠什么活着？”母亲接着说道，“没有房子，没有家庭，没有事业。以前没有这种情况。你有没有考虑过她接下来该怎么办？”

“妈妈，喝茶吧。”

塔季扬娜·瓦西里耶夫娜曾和丈夫一起去了森林，她发现林中是这样美好静谧，仿佛置身于海岸边，走进森林就像侵入海水中——森林无边无际，给予她自由。丈夫酷爱采蘑菇，而她沿着小路游荡，如果没发现蘑菇，那么她就忘了此行的目的，幸福地向前走着，穿过熟悉的倒在地上的树干、变黄的草墩、偶尔漂着红梅果的小沼泽——周围的一切都已入睡。他们从容不迫地度过了初秋时节晴朗的一天。

塔季扬娜·瓦西里耶夫娜准备起身回家，她像以往一样惶惶不安地等待着分别时刻，母亲消瘦的脸上表现出疲惫和疏远。母亲突然问道：

“你以为那里会有什么东西吗？”

“哪里？”

“上帝，另一个世界。”

“哎，妈妈，我怎么会知道。”塔季扬娜·瓦西里耶夫娜说道，然后匆忙地走了出去，并随手关上了门。

郊外别墅的生活是那么充实安稳，让人觉得可以持久下去，因为没有新的打算，也无其他牵挂。她平衡了世间的一切，向生活妥协，苦水往肚子里咽，唱着摇篮曲安抚着女儿睡觉，过着安恬自若的生活。那么这种安静又是怎样被打破的呢？

塔季扬娜·瓦西里耶夫娜往公交站的方向走去，她穿过一排排摆满秋天第一批果实的箱子，箱子上摆放着胡萝卜、南瓜、青菜和苹果。秋天，不可抗拒地来了，像往常一样，它在该来的时候来了。大自然的规律谁又能抗拒？没人抱怨，没人要求秋天停止脚步，好让人们在夏日里、在阳光中、在希望中再驻足几分钟。秋天默默地如期而至。

塔季扬娜·瓦西里耶夫娜拨通了女儿的电话。

“莉莎，你为什么不给我们打电话？”

虽然已经是下午了，莉莎仍在睡觉，她萎靡不振地说道：

“妈妈，你知道的，我一切都好。我本打算晚上给你打电话的。”

“你怎么样了？吃点东西了没？还有钱吗？”

“妈妈，我一切都好。”

塔季扬娜·瓦西里耶夫娜不小心碰到了静音，于是电话没声了。她没有立马反应过来，继续说：

“你听我说，莉莎，我和你爸爸都在等你。回家住一阵子吧，哪怕只住几天，你需要休息。莉莎，我求求你了。”

塔季扬娜·瓦西里耶夫娜没有等到回音，于是放下了电话，等了一会儿，又拨了过去。

电话那头传来了女儿不情愿的回答。

“喂，”女儿停顿片刻后急忙说道，“妈妈，我一切都好，不用担心，我已经说了，会给你打电话的。”

电话再次被挂断了。

塔季扬娜·瓦西里耶夫娜在家收拾好行李，准备去别墅。这些年似乎一切都没有改变：周五收拾行李，然后等待丈夫回家。

但是这一次去郊外别墅的路途尤其明亮、漫长，就像多年以前，他们拐了一个又一个弯儿，时而下坡，时而上坡。上坡的路十分陡峭，因此，他们仿佛要撞向高墙，体会到了一种失重的感觉。此时，塔季扬娜·瓦西里耶夫娜也感受到了轻松和激动，她觉得有这种感觉的原因是这里依然像许多年以前一样——和煦温暖的天气，明媚的阳光，浓密的树荫和秋日森林的气息。

也许正因为他们去别墅的路走了很久很久，好像是第一次去的时候一样，塔季扬娜·瓦西里耶夫娜才能以旁人的眼光来观看她所熟悉的风景。她看见一排排交替变换的松树和小叶林，一排排多年来自由无序排列的房屋。一些树枝微微垂向地面，另一些散向四处，它们歪斜的树枝和耷拉下来的树冠早已超出了它们自己的生长范围。对她而言，周围这一切都是陌生的，包括她之前没有注意到的被毁坏的痕迹，都使她心痛。但是他们不久前翻新过的、带着大窗户的房子看起来格外亲切，还有多年间长成的花楸丛、山楂、金银花，无一不散发出宁静的光芒。很难想象这块土地曾经长满野草，是她和丈夫每年一米又一米地开荒拓土,才有了如今的模样。她走近长在边上的一棵松树。曾经她和莉莎在被砍伐的树木的切口处找到了一棵小松树苗，并将它种在离房子不远的地方，继而忘了它，但这棵小松树就这样快乐蓬勃地从草中生长起来。有一次，这棵松树散落了一些松球，然后就越长越高，长长的、绿色的树枝垂到地面。在炎热的天气里，松树散发出松香味；家里热得受不了时，他们就来到松树边，躺在树荫下，望着云彩。那时，他们觉得静止是假的，因为他们觉得自己在空中随云朵飘动。有一次，他们在松树下野餐，但不知为何感到不舒服，好像是他们破坏了某种约定，松树似乎已经不耐烦地等待他们带着食物赶快离开，于是，林中的小草地就会再次成为“宇宙广场”。

塔季扬娜·瓦西里耶夫娜把行李搬进屋内。明天要做过冬的准备，要妥善安排花园里的一切，但是现在可以让自己任性地享受片刻的安闲自在，就像第一年刚来的时候一样，那时他们除了计划一无所有。丈夫已经生了炉子。有点驼背的他走进房间，蹲在那儿。那一瞬间，她甚至没认出来那个人是自己的丈夫。他的脸上浮现出某种陌生的神情。有时在不经意间你会突然发现，你能在一个人的身上看到他未来的样子，而现在，丈夫垂老的样子已经悄然而至。对丈夫和自己的怜悯使她心里发紧，她想，如果她和丈夫是同龄人就好了，这样他们就能一起变老。塔季扬娜·瓦西里耶夫娜总是担心自己会失去丈夫，但是这种担心第一次变成了现实：她将失去丈夫，她的孤独生活将为期不远。

她强迫自己不去想这些令人担忧的事儿，她坐在丈夫旁边，说道：

“以前多好啊！”那时莉莎还小，妈妈身体健康。你还记得我们种黑醋栗的时候吗？上帝啊，为什么现在一切都变了，为什么啊？”

丈夫似乎是没有听到她的话，但是过了一会儿，他并没有看她，只是小声回答道：

“别说这些了。不要提这些。”

他们一起看着火烧旺了，火焰吞噬了树皮和纸张，蔓延到薄木片，慢慢靠近了干柴。

“也许今天不该生炉子。”塔季扬娜·瓦西里耶夫娜说道，“今天晚上多暖和呀！”

她走到台阶上。一天结束了，阴沉又温暖的暮色笼罩着大地，不久前还清晰的场景变得陌生而可怕。

她还看见了房子旁边鲜艳的金盏花，稍远一些的幽幽的茉莉花丛，更远一些的苹果树树枝已经消失在暮色中，那一片天蓝绣球变成了模糊的斑点，只有她知道，它们在那儿。她想到自己一直都无法把别墅建成自己曾梦想过的独出心裁的花园，但是她已经做得很好了，可以聊以自慰。现在她看着沉睡的小花园，往事不再惊扰她，而未来还很遥远，没必要去想它。逝去的暖暖夏日带给她阵阵喜悦，这种喜悦蔓延，再蔓延，这一刻，她感到很幸福。

应该给叔叔洗洗澡

Дядю мыть надо

伊琳娜·戈留诺娃 著
王金玲 刘晓铭 译

伊琳娜·戈留诺娃

Ирина Горюнова

伊琳娜·戈留诺娃，俄罗斯翻译家、散文作家、诗人、剧作家、记者、俄语语言文学教师等。毕业于莫斯科国立肖洛霍夫开放式师范大学。现任彼得出版社莫斯科分社主编和奥林巴斯出版社主编。2006年成为俄罗斯作家协会会员。2007年成为国际作家协会会员。在杂志上发表过《白天与黑夜》《赫雷夏蒂克》《文学研究》等作品。

小孩子总是很让人开心的，尽管他们总会说实话，而且会说一些我们成年人不敢大声说出来的实话。下面我就分享一个我童年时期的奇异经历和当时认为富有成就感的事儿吧！

我记得我一直是一个非常机灵的孩子，我的言谈总会逗得大人们开怀大笑。

您认为当一个五岁的孩子被问及他想从事什么职业时，他应该怎么回答？没错，大多数都会回答想当远航船长、医生、冰激凌售货员、宇航员、芭蕾舞演员之类的……

而在我父母的朋友们又一次在我们家聚会喝酒时，在他们吐着酒气并温柔地问我想从事什么职业时，我想了一分钟，像一个演员一样停顿了一下（应该强调的是，动作非常专业），然后非常自豪地回答（之后，所有人的目光都转向了我，停止了他们愚蠢的对话）：

“最好什么都不干。”

听到我这么回答之后，所有人都哈哈大笑起来，甚至笑得倒在了地上，大概笑了半个小时左右。实际上我说了什么可笑的事吗？我只是用我五岁的思维提前明白了这个道理并说出了大多数女性的梦想，仅此而已。这有什么好笑的呢？

难道是因为我这个年纪的小孩子比大多数年轻人看得还透彻吗？如果真是这样的话，您需要哭泣，我亲爱的成年人，而不要讥笑一个聪明的孩子。

还有一件发生在飞机上的事（还是在我五岁那一年）。我们有一次飞往保加利亚。在飞机上，有一个人（也就是我）想要去卫生间。我当时很独立，于是我独自一人去了卫生间。半小时的等待之后都不见我回来，我的母亲终于按捺不住了（她的母性直觉总是不准），于是她去找我，她想知道我为什么这么久还不回来，难道是去劫持飞机了还是又惹出了什么事端（顺便说一句，完全有这个可能！）？卫生间附近围了一群人，传来一阵哄堂大笑声（人们竟然像看免费的幽默表演一样）。为了寻找不听话的孩子，我的母亲挤进了人群，亲眼看见了下面的情形：在人群的正中间站着一个五岁的伊莉莎（就是我），正用一只小手指神情激动地指着一个体态臃肿的长相难看的男人，他的肚子高高地卡在腰带上，我大声且威胁式地冲着他喊叫，还时不时戳着他胖胖的肚子（然后，他试图收紧肚子，好像要把肚子完全收缩回去而变成瘦子一样）：

“怎么，难道可以这样吗？您妈妈没告诉您每天都要运动吗？您怎么能这么放纵自己呢？好吧，把您的电话号码给我吧，我每天都会给您打电话，并监督您做体育训练。”

飞机上的乘务员和乘客们都哈哈大笑起来，最后叔叔给了我他的电话号码，此后我才自豪地回到自己的座位上，成为飞机上乘务员和乘客们最为赞赏的人物。

“这有什么好笑的呢？”我问您，“难道我做错了吗？我只是关心那个陌生男人的健康而已，只是关注他的形象美丑问题，而且这对他很有益，也许他会瘦下来，否则他是不会受到女士的青睐的。”

还有一件有趣的事，这件事发生在一家餐厅。当时我的父母和他们的一些朋友去了一家餐厅聚会，把我也带去了（因为没有人在家里看护我）。我对他们的谈话自然是完全没有兴趣，于是我在餐厅里转来转去寻找新朋友。当然，我一下子就找到了目标，我决定对他使出我这样的一个小女孩所有的魅力。他是一个年轻的吉他手，在舞台上为观众表演。我等到他休息的时候，就走了过去，递给他一幅我为他画的画像，由于没有画布，我是在餐巾纸上为他画的。肖像看上去像是一幅卡通漫画，但吉他手却对此画像非常满意，并立即为我演唱了一首小夜曲，并向所有的在场人员宣布这首歌是送给我的。我很高兴，我决定巩固这一初战告捷的喜悦，并要了他的电话号码。吉他手没有拒绝，在众人面前也没有摆架子，由此我断定我具有极其迷人的魅力，而且我完全可以打电话给他并约他见面。如果您认为我会因为感到害羞没打电话的话，那么您就大错特错了。我给他打了很多次电话，甚至还认识了他的母亲，以他新女友的身份与她真诚地交谈了几次。然而，不幸的是，我弄丢了写有他电话号码的纸条，于是我们的恋情还没开始就结束了。

我的孩子也决定走我的老路（这就是基因的力量！），现在，她说出来的无数的语句也让我哭笑不得。

有一次，我们乘火车去看望祖母时，发生了一件事。我们静静地坐在那里，也就是说，我们没有与任何人搭讪，只是看着窗外。顺便说一句，车厢里有一半是空的。这时，从一个站点上来一个男人，坐在我们对面。一切都很正常，只是这个叔叔身上的衣服很脏，他看起来不像是俄罗斯人，皮肤黝黑，有一头黑发，脸上有大概一周未曾剃过的黑胡子。在此之前，我聪明的女儿早就熟知（在只有两岁多的时候！）关于《洗脸池》的童话故事。自然，孩子无法忍受这个男人让自己以这么糟糕的样子出现在公共场所，因此她深吸了一口气，愤怒地朝整个车厢大喊了一句：

“应该给这个叔叔洗洗澡！”

当然，她百分百是正确的！的确，应该给他清洗一下，而且要好好地清洗一下。那么请您告诉我，这有什么好笑的吗？没有。只是一个简单的事实而已。

如果我们再回到那句“有其母必有其女”的基因传承问题上，那么我还必须要提到，我的玛莎是怎样回答了那个关于她长大后将要成为什么样的人的问题，她说：

“我将成为一个老巫婆，一个又老又丑的女人。”

如果您试图向我证明这个回答不够妙，我是不会服气的。因为我看到小孩子们能够发现问题的根本所在，而且能马上顿悟到一切道理，所以他们非常聪明，不用去探索任何详情就能看到事物的本质。

我再举一个反映小孩子的逻辑思维的例子（我认为小孩子的思维是完美的）。

“在我很小的时候，我就很狡猾，”玛莎说，“那时我还躺在婴儿车里。”

我觉得这里不需要解释。

您知道吗？一个两三岁的孩子已经会给事情做出结论了。我只需举出这样一个例子。

我早上要叫醒女儿，于是我胳肢她，为了让她能快点儿醒来（着急送她去幼儿园），我说：

“小玛莎，小玛莎，我要吃掉你。”

“你要是吃掉我，就没有玛莎这个女儿了。”我的孩子含着泪水回答，之后我不好意思地走开了，又多给了这个狡猾的孩子十五分钟的睡眠时间。

小孩子绝对不容忍愚蠢的事情，所以会严厉批评成年人在对待孩子方面的不认真（为此，大人们会被孩子们好好教育，被孩子们牵着鼻子走而毫无办法）。

有一次，去幼儿园时，我的女儿告诉我她不叫玛莎，而叫阿廖努什卡，并且从今以后只会回应这个名字。我决定不在这个问题上激化她的情绪，于是我同意了。当我们来到幼儿园时，我告知保育员们，我的女儿今天是阿廖努什卡。幼儿园里所有的老师——她们一共有四位，都争先恐后地问玛莎：

“阿廖努什卡，那你的阿廖努什卡在哪儿啊？”

我的孩子表现出一副忍辱负重的样子，忍受了大人们愚蠢的提问，她礼貌地微笑了一下，走到了自己的班级。而当娜杰日塔·瓦西里耶夫娜（幼儿园的值班人员）追上她问同样一个问题时，她已经忍无可忍，环顾了一下四周，两手掐起了腰，责备地说道：

“瓦西里耶夫娜，您该干啥就干啥去吧！”

虚度的人生

（人生的道理）

Капут мортуум

(уроки жизни)

斯维特兰娜·莫索娃 著

王金玲 刘晓铭 译

斯维特兰娜·莫索娃

Елена Громова

斯维特兰娜·莫索娃，俄罗斯作家协会会员、圣彼得堡作家协会会员、记者协会会员。曾担任MSSR国家电视台和广播电台的编辑，是多个电视节目的编剧，也是“俄罗斯金笔”奖的获得者。出版有6部文学作品。她的小说和短篇小说在《文学报》《涅瓦河》《红星报》等上面发表。

孩子就是孩子！所有的孩子都一样讨人嫌。可你却是我的宝贝儿，是我的心肝儿！

“对，对，那你就只管亲吻他吧！亲吻他就够了！你的孩子完全没有准备好去上学，而你却只知道亲吻他，除了亲吻他，你什么都不做。”

“你说得对，亲爱的，但是你知道吗？我生了孩子就是为了亲吻他的，而不是为了让他去上学，也不是为了让他成为一名优等生的。”

“对，对，你说得对，那就让他成为一名差等生吧！让他成为班上的最后一名吧！”

“为什么非要成为最后一名？怎么也要让他成为倒数第二名，就像巴尔扎克一样。对此我完全能接受。”

“孩子到现在连字母都不认识呢！”

“这倒是真的，孩子有天赋，但没受过良好的教育。但这是可以弥补的，亲爱的。这样吧，从下周开始，我们坐下来一起开始学习字母表。”

“‘周’是什么意思啊，妈妈？”

“一周由七天组成——星期一、星期二、星期三（我知道得可真多啊！）、星期四……对了，亲爱的，你没忘了星期四必须将绘画作品寄到德国吧？”

“‘德国’是什么意思啊，妈妈？”

“德国？嗯……怎么能马上给你解释清楚这个词的意思呢？亲爱的，请你向孩子解释一下‘德国’这个词是什么意思。”

“德国？德国是米莎·戈罗金斯基居住的地方。”

“谢谢，亲爱的。德国这个问题已经解决了，但让我担心的是另一个问题，亲爱的，老师们会教给孩子知识，但谁来教他人生的道理呢？难道不是我们吗？”

“那你开始教吧！”

“亲爱的宝贝女儿啊！生活很艰难！生活艰难，可你却是那么容易轻信别人，我的宝贝儿！你必须要保持警惕，要不然你就只会像个傻子一样张着大嘴听人摆布——到那时你就完蛋了，你就成了残渣。”

“没错，我和妈妈绝对不希望有一只爱丽丝猫……”

“是爱丽丝狐狸，爸爸！”

“……爱丽丝狐狸和那只该死的流氓猫巴西利奥[1]将像抓傻瓜皮诺曹一样抓住你的腿。”

“没错。或者像利奥·弗朗苏佐夫[2]一样抓住你爸爸的腿。”

---

1 流氓猫巴西利奥，A·托尔斯泰的著名童话《匹诺曹》里的猫的角色，“巴西利奥”是意大利文化中经典的猫的名字。——译者注

2 利奥·弗朗苏佐夫，西班牙童话中的人物形象，泛指童话中的反面角色。——译者注

“你怎么能对孩子说这些呢？！”

“我说的是实话，亲爱的。是时候让她了解生活的阴暗面了。否则，她就只会像傻子一样张着大嘴听人说话……你在商店那儿停一下，我答应要给孩子买一个新玩具。”

“又买新玩具！”

“亲爱的，对孩子来说，新玩具就是幸福，就是具有良好的精神状态的保证。”

“我知道这是一种什么幸福，这是一种只会保持五分钟的幸福。”

“而幸福不会持续很久的。幸福只能持续五分钟。”

“妈妈，人是猴子变的吗？”

“不是。”

“可是弗拉迪克说人是猴子变的。”

“弗拉迪克是不是猴子变的我不能保证——弗拉迪克很有可能是猴子变的。还有利奥·弗朗苏佐夫。”

“利奥·弗朗苏佐夫是什么东西？”

“关于利奥·弗朗苏佐夫要不要告诉她？应该告诉她！不要畏缩！让人讨厌的事情多了，必须得告诉她。但是……亲爱的，你长大以后会在我的‘错误百科全书’中找到这个形象的，字母‘c’开头的那一部分——蜈蚣科。它属于爬行动物家族。它以脊椎动物和昆虫为食。被蜈蚣咬伤的毒对人类是致命的。”

“你为什么要对孩子胡说八道这些东西？！”

“这怎么能不讲呢，亲爱的？万一在拐角处，一块砖突然掉下来,那么一切就完蛋了,你的脑袋就会变成一堆烂泥！对了，‘капут мортуум’是什么意思？我总是忘记问你。”

“这是颜色的名称。”

“颜色？什么颜色？”

“红色的。更准确地说，不是红色，而是……总之，是烂肉的颜色。咦……真恶心。这就完了吗？”

“对你来说这些还不够吗？”

也就是说，是一大堆烂肉。在这个可怕的世界，我们的孩子该怎么办？我们还没来得及告诉她任何事情！需要预防！需要提前告知！

那么现在就赶紧行动吧！要马上告诉她：最好吃的蘑菇是灰球菌；天气最糟糕的月份是十一月份；最伤感的歌曲是《草地上有一只淼斯……》；最好的作家是纳博科夫；最大的坏蛋是利奥·弗朗苏佐夫；德国是米莎·戈罗金斯基居住的地方；最好的爱情诗句是“对爱情的预感远比爱情本身更强烈”；关于爱情的哲理是“我们对一个女人关注得越少，她就越容易喜欢上我们”，反之，我们对一个女人爱得越多，她就越讨厌我们。除此之外，关于爱情她不需要知道其他任何事情——所有的错误都源于她不知道这条规则。我亲爱的宝贝儿，你懂了吗？我的宝贝儿，我的心肝儿，我的小甜瓜，我的小胖子，我的小东西！现在你已经什么都知道了！

“是的，妈妈。那么‘апрель’是什么意思呢？”

天啊……还需要告诉她四月是什么！那么我们什么时候能告诉她马其顿国王——亚历山大大帝的故事呢？什么时候能讲到独裁者恺撒的故事呢？又什么时候告诉她拿破仑、希特勒和其他恶棍的故事呢？还是只告诉她关于利奥·弗朗苏佐夫这一个坏蛋的故事就足够了呢？！

绿灯出租车

Зеленоглазое такси

叶莲娜·格罗莫娃 著
王金玲 马坤 译

叶莲娜·格罗莫娃

Елена Громова

叶莲娜·格罗莫娃，1948 年出生，对心理学和儿童发展活动有着浓厚的兴趣，首次在《列宁真理报》上发表文章。发表的主要作品有《有用的发现》（儿童诗）、《年轻救援者的冒险》、《沃洛申斯基的九月》，以及短篇小说《冬天的故事》《男孩和云》《我的房子》《古基日的非凡之旅》《斑马》《绿灯出租车》《森林、木材和爱情》《两兄弟》《蒸汽》《神秘的房子或圣灵降临周》等。曾获“北方黄金储备”散文奖、2021 年国际文学“雾桥”奖、“短篇文学散文”奖、А. И. 列维托夫全俄文学奖等。

“夜怎么会这么漫长啊！”叶卡捷琳娜·伊万诺娃想。她在厨房里走来走去，不时地看向窗外，一片漆黑，路灯在黑暗中发着微弱的光，路面上有几个光影在微微闪动着。大街上空无一人。对面的楼里只有几扇窗户亮着灯，但光线并不像傍晚时分那样明亮，也不那么温馨和令人愉悦，而仅限于房间的某个角落里闪着微弱的光亮。看来，是有人在看书，或者是专门为孩子留的一盏小夜灯，也可能是有人夜里感觉身体不舒服，打开了台灯。

电话在桌子上放着，一点儿动静也没有。叶卡捷琳娜·伊万诺娃几次拿起了话筒又把它放回去，这个时间打电话是不礼貌的。这些礼节她早就牢牢地记在了脑子里，这是她年轻时代的礼仪。她连自己那个时代的很多事情都适应不了，对于现在来说，她简直就是一个观念陈腐的人。

等待的时间过得如此之慢，墙上的钟表在滴答滴答地数着每一秒。她以前从没发现钟表的滴答声是如此之大，秒针缓慢而坚定地向前移动着，刺激着她的神经。她的思绪飞奔回过去，但不是一秒一秒地回归，回忆直接把她带回了20世纪。

她的眼前再现出20世纪不同年代交替的那段日子，那是20世纪60年代末的事情，当时在文化和休闲公园里跳舞是一种时尚。跳舞广场被年轻人称为“动物园”，这个比喻相当恰当：露天的跳舞广场被高高的金属网栅栏围起来，大概是为了不让来跳舞的人免费进入，来这里跳舞需要买票。这真的很像一个关野兽的大笼子，动物园里有很多小的笼子，而这里只有一个大的。

金属栅栏很容易让人联想到监狱里的窗户、关闭犯人的法庭和罪犯。在此之前，这些犯人常在我们当中出现。她想到这里心里更加担心起来，女儿到现在还是没有回来！叶卡捷琳娜·伊万诺娃停了下来，注视着电话。女儿总该打个电话回来吧？可是电话还是没有任何动静，她的手在发抖。不！不！还是想点别的吧，不要再为她担心了！叶卡捷琳娜·伊万诺娃努力地让自己回到回忆之中。

那时候的她很少去露天广场跳舞，她不喜欢去那个地方，而女孩们把参加舞会视为生活中最有趣且最重要的消遣活动之一。叶卡捷琳娜暗自把这些女孩的化妆称为涂色。她们看起来很像印第安人出发去作战或是去狩猎。她们的头发被涂上了各种色调，从铜黄色到粉色不一而足，发髻被高高地盘在头顶，上面喷了很多发胶，使它们牢牢地固定在那里。上下眼睑周围的黑色眼线画到太阳穴的位置，嘴唇画上了鲜红的口红，脸颊打上了腮红。卡佳[1]的手上拿着香烟，她在家里的镜子前审视自己，自己显得完全融入不了人群。她和她的女友们看起来非常朴素，她们也不想把自己打扮成这些“女猎人”的样子。因此，她们很少去跳舞广场。即使去了，也待不了多久。当小伙子和姑娘们不仅是喝了酒，而是完全彻底喝醉了之后出现在广场上时，她们就特别想离开，因为这时广场的各处会突然有人开始打架斗殴。

叶卡捷琳娜又回想起了自己的母亲，可能是因为母亲心里太焦虑了，所以才说出那样粗鲁的话吗？但是叶卡捷琳娜立刻阻止了自己的想法。你又在为她辩解吗？那个年代是安全的，社会秩序是安定的。而母亲的爱是无可置疑的，哪怕她会栽跟头、犯错误，但她对你的爱是不容置疑的。那么，信任呢？没有信任的关系会怎样呢？那一夜带来的创伤和痛苦笼罩在她每一次对母亲的回忆之中。

对面楼里所有窗户的灯都熄灭了，电话还是没响，电梯也没有任何运行的动静。因为担心女儿，她开始胡思乱想起来。不，与其假设这莫须有的新的痛苦，不如回忆一下自己曾经有过的旧的创伤。卡佳和她的女友柳达住在不同的小区，如果她们晚上单独回家或者被陌生人护送回家，那么她们会感到不踏实，所以在看完电影或者跳完舞、散完步后，她们

1　卡佳是叶卡捷琳娜的小名。——译者注

两个会一起到卡佳家或者柳达家过夜，或者打出租回家。这次姑娘们一起走，在快到柳达家的时候，才开始为卡佳打车。这个时间打车并不容易，空车会在前玻璃右上角处亮起一个绿色的小灯，但这种绿灯车很少，多半是两侧带方格花纹的车从身边飞驰而过。没有亮绿灯的，就意味着车上有乘客或者该车已经接完订单。只是当时路上的汽车很少，那时的汽车是一种奢侈品，还不是交通工具。姑娘们在路边打车打了十五分钟后，终于打到了一辆出租车。

卡佳满意地上了出租车，坐在了司机旁边副驾驶的位置。司机是个年轻的小伙子，他们聊起了天。司机说他叫托利亚，他的心情不怎么好。卡佳能感觉到托利亚很想找人聊天，他询问卡佳是否结婚了，知道卡佳并没有结婚后，就决定分享一下自己对婚姻的看法，这是基于他二十四年生活经验的看法。当然了，是他关于女人的看法。

女孩们，当她们没有结婚时，她们和未来的丈夫相处的时候就会表现得有礼貌，快活又善良；而一旦结了婚以后，很多东西就发生了改变，她们变得爱唠叨、苛刻、任性。显然，托利亚在接班之前一定是与妻子吵了架。

“就比如说我的妻子吧，”托利亚继续讲述着让自己头疼的事儿，“她还要怎样呢？我既不喝酒，也不抽烟，还能赚钱养家，她还是对一切都不满意，她到底还想要什么呢？”

卡佳沉默不语地听着，更何况她根本也不知道该如何回答他的问题，她怎么知道这个她不认识的年轻女人需要什么？

“你知道她在我出来接班的时候说了什么吗？”

“说了什么？”

“醉汉睡一觉就会清醒，可是蠢人永远也不会变聪明！你能想象得到这对我是多么大的侮辱吗？”

卡佳差点笑出声来，但是忍住了。听到这个年轻但已经成年的男人讲出的这番话，她觉得很好玩，从他的谈话中透露出这个男人的不成熟，这引起了她对托利亚妻子的同情。但他的这种幼稚思想也引起了卡佳对于他的同情。

叶卡捷琳娜·伊万诺娃在回想起那次谈话的时候笑了。多年以后，她明白了，这只是两个人都对对方有更多的期待。这两个人可能都很优秀，但都辜负了彼此的期望。这些回忆分散了叶卡捷琳娜·伊万诺娃对窗外黑暗的关注，也使她听不见钟表滴答的声音。她坐在角落里餐桌旁边的软椅上，似乎又回到了自己的青年时代，乘着出租车穿梭全城的那个时候。

当时，出租车开到了她家的楼附近。托利亚关掉了计价器，在绿灯上盖了一个盖子，于是计价器不再显示“空车”，表示不再接受别人打车了。他还想继续和卡佳说说话，毕竟难得有人能听他说说心里话，且不对他指责批评。有趣的是，他的行为中并没有露出任何卖弄风情的暗示或者黏黏糊糊的目的。他像对待朋友一样与卡佳聊天，或者更确切地说是像列车包厢中的一个旅伴一样，和一个意外相遇的旅伴可以一股脑地发泄一下内心的情绪，反正大家也不会再见面。卡佳恰好不想回家睡觉，毕竟才十二点，她还没有结婚，按托利亚的理论来说她还处于结婚前对男人不挑剔的阶段，所以她才能听得进去他的诉苦。

突然托利亚提议："你和我一起来出车吧！"卡佳看了看自己家的窗户，灯已经熄灭了，也就意味着父母已经睡觉了。"那好吧，我们一起工作吧！"卡佳做出决定。她本来就喜欢乘车，再说坐在出租车上还可以遇到各种乘客，这是一件有意思的事儿。

马上就有一对年轻的夫妻举手示意要搭车。他们个子很高，长得很漂亮，也很有礼貌。原来是一对新婚夫妇。他们一直在后座亲吻着，回家之后估计也会继续亲热。

又有一位中年女士一边挽着晃晃悠悠的丈夫一边挥手拦车。卡佳想象得出他们一定是去做客了。女士做了发型，穿着华丽的裙子，男士打了领带，他们好像去了一个晚宴，看得出节日的晚宴还远远没有结束。节日的欢乐与美好的宴会进行到一半的时候就结束了，这个时候妻子发现她的丈夫已经喝醉了。她用余光瞥见丈夫把酒瓶子推远，试图在他转身的时候用柠檬水稀释伏特加。但是天色已晚，现在的主要任务是如何把他带走，且不在朋友们面前丢脸。而现在他站在那里，戴着领带，嘴上挂着傻傻的笑容，把他锁在出租车的后座上都是一件难事。卡佳对这位女士表示同情，她想到了自己的姑妈，也经常处于这种尴尬的局面。但她经常对她的姑妈发火，不明白她为什么要去管她的那个酒鬼丈夫，就应该抛弃那个酒鬼，一走了之。在十八岁那年，似乎真的觉得对待这样的男人就应该一走了之。出租车供不应求，绿灯一亮，下一位乘客马上就招手叫车。这是一位怀抱着孩子的男士和一位女士，对于这么小的孩子来说，他们显然不是孩子的父母。原来他们是爷爷和奶奶，让年轻的父母出去放松放松，可是他们的孩子怎么也不肯睡觉，一个劲儿地歇斯底里地哭喊着“要找妈妈”，只有给他穿上衣服到大街上，他才睡着。

他们坐车带他去找妈妈。

夜晚拉近了人与人之间的关系，汽车像一个小房子一样，直接或间接地让人与人之间的关系亲近起来，出租车上的人们无所顾忌地谈论着自己是干什么的、要去哪儿、去做什么，等等。卡佳甚至没有想到出租车的工作这么有意思。她看到了人们如何打车，在出租车上如何表现自己、怎样支付车费、怎样告别，等等。人们是否善于交际、心地是否善良、是否亲切有礼、是否趋炎附势、是否蛮横无理、是否轻视傲慢——这一切都能看得清清楚楚，甚至可以写一本书，或拍成一部电影。

卡佳本想快乐地坐着出租车到天明，但是想到父母一定会着急。是的，半夜两点他们再次到达卡佳家门前，万籁俱寂，窗户是黑着的，父母还在睡觉。到了三点多的时候，天开始蒙蒙亮。夏天的清晨展示着自己美丽缤纷的魅力。有时候感觉是有人画出这一切美景似的，令人不敢相信，一切好像是虚无缥缈的、不现实的。但是时候该回家了。托利亚盖上了绿灯的盖子，驱车来到卡佳的家，他们像一对愉快的旅伴一样告了别。

托利亚通通说出想说的话后变得很温和、很平静，而卡佳得到了人生很多有趣的回忆。但是窗户里发出了亮光，卡佳心里感到很不安。

叶卡捷琳娜·伊万诺娃感受到胸中很愁闷，她跳下凳子，再一次看向窗户，没有人，她在厨房里走来走去。女儿在哪儿呢？或许出了什么不幸的事了？为什么她不打电话呢？这是第一次出现这样的情况。很快到四点了，她心里很恐惧，心脏好像被什么东西扼住了一样。终于在早上四点钟的时候，她看见她家的窗户发出了亮光，她胆战心惊地走了进去。

她让自己的思绪冷静下来，安慰着自己，她会给母亲讲述这个没有任何罪责的有趣的夜晚，母亲一定会理解她的，一切都会无事的。但是她错了，打开门，卡佳正对上父母气愤的双眼。母亲没有询问，没有给她解释的机会，抡起胳膊就打了过去，边打边骂道："败类！你去哪瞎逛了？肮脏的野鸡！你打算未婚生子吗？！”

叶卡捷琳娜·伊万诺娃瑟缩起来，回想起早晨他们对她投来的怀疑的甚至嫌弃的目光，过了一天妈妈才来问她：“你去哪儿了？”

从那个时候起她就坚定地做出了决定。晚了，妈妈你问得太晚了！将来无论去哪儿，都不会再对父母说实话！她会提前打个电话：“我不回去了！在女友家过夜了，不用担心。”至于是不是真的和女友一起，那就不用他们管了。

叶卡捷琳娜·伊万诺娃听到了钥匙在锁眼里转动的声音，她奔向了门口，拥抱了女儿说：“谢天谢地，你终于到家了。”

然后她们母女俩一直坐到五点，女儿手里捧着一杯热茶，讲述着这一个晚上发生的事情。

隧道里的老鼠在幻想什么

О чем мечтает туннельная крыса

尤利娅·别洛姆林斯卡娅 著
王金玲 马坤 译

尤利娅·别洛姆林斯卡娅

Юлия Беломлинская

尤利娅·别洛姆林斯卡娅，生于1960年，俄罗斯艺术家、诗人、作家、评论员、演员和歌手。艺术家米哈伊尔·贝洛姆林斯基和作家维多利亚·贝洛姆林斯卡娅的女儿。毕业于戏剧学院制作系。她曾担任图书造型艺术家，在剧院和电影院里担任服装设计师。1989—2001年住在美国。为了谋生，她开始唱歌，并从她自己的都市浪漫小说中创作了一场独幕剧《可怜的姑娘》。在纽约附近的泽西城，她开设了“朱丽叶与香水”商业出版社。2001年她回到俄罗斯并定居在圣彼得堡。2000年，她为《俄罗斯日报》网站和《涅瓦河上的彼得堡》杂志撰写了多篇文章。出版作品有《三个人的爱情》《可怜的姑娘，还是苹果、鸡、普希金》《贫女之歌》等。

他们那充满恐惧的世界，是欧洲大陆倡导的柔弱女性思想和其他陈旧价值观盛行的地方。显然，所有移民父母的恐惧是一样的，至少那些一致认为不该去英国俱乐部的家长的担心是一样的，甚至担心他们的孩子以后会去那个地方。

他们只为孩子们在那个地方学到的语言而感到担心，为那个地方所唱的歌曲，以及在那个地方发生的愚蠢的交易而感到担心。

布赖顿海滩和唐人街，那里总有鱼的味道，还有很多衣着不雅且英语说得很差的人……但是他们很爱自己的孩子。

我不相信一个孩子一定会感到幸福。有时我会遇见不是特别幸福但素质非常好的孩子。由于孤独，这些孩子的想象力相当丰富。

但童年本身就是一段难熬的时期，哪怕没有战争，哪怕没有父母对你的幸福进行恶意破坏，你也总会面临不幸。世界的烦恼从你一降生就会跳到你身上，像只狗一样趴在你的肩上，一会儿舔你，一会儿咬你，还会大叫，这个狗东西！

世界从一出生开始就是战争。因为你处于战争的后方，所以你会感觉很好。童年给我留下的记忆就是连续不断的军事行动（一会儿是攻击，一会儿是防御，一会儿是伏击，一会儿又是围攻）与一个可靠的、永远不会背叛你的后方部队。或许，我是被惯坏了，但是这就是“所有的炮弹都送到前线的战争时代”。

拉瓜迪亚中学是一个独一无二的地方，这里汇聚了来自全纽约的天才儿童：有学艺术的、有学表演的、有学舞蹈的、有学唱歌的、有学演奏的——从古典音乐到摇滚乐再到爵士乐，在这里学习的孩子们从十四岁到十八岁不等，但是有些人要在这里学习的时间更长。

问题是，在美国，外来移民的孩子无论如何都得不到及格以上的成绩。如果你完成不了所有应该完成的任务，那么你就得不到中学毕业证书，但似乎在二十二周岁之前都可以留在中学学习。

这是一所免费的市内中学，但是进入该学校需要通过艺术考试，每个人都要根据他申请的专业方向参加入学考试。有很多纽约的从事演艺职业的人的孩子和几乎所有俄罗斯艺人的孩子都在这所学校学习。这么说吧，那些不可怜自己孩子的人都把孩子送到斯图维森特去了,这也是同类型的高中，只不过不是培养艺术人才的中学，而是以培养科学和研究人员见长，那里的入学考试也是最难的。

斯图维森特高中有非常繁重的功课任务，吸食毒品在那里也是非常时髦，毒品难以弄到且价格昂贵，比如可卡因；而在我们拉瓜迪亚中学，越来越多的人抽的都是大麻，因为贫穷。但是我的波利亚不知怎么十五岁时就快速地学会吸毒，而且吸得达到产生幻觉的程度，在我的帮助下她戒掉了（我当时差点疯掉了，但实在没必要来描述这个过程）并且及时彻底地戒掉了，十六岁的时候，她已经成为毒品反对者，对酒精更是从来没有碰过。

她喜欢去上学，但是几乎拒绝上所有的课程，除了声乐课（她恰恰在声乐系学习过）和英语课。她在学校里有一伙非常要好的朋友：早上他们见面后就去中央公园的草莓地里，坐在那里闲聊，那是他们夏天的聚集点；而冬天，那个地方有一个“唐恩都乐”咖啡厅，也就是美国最大的“甜甜圈”咖啡连锁店，他们就去那里聊天。

总之，我被叫到了学校，因为体育老师和数学老师特别希望与我谈谈。第一个和我谈的是体育老师，他的样子让我大吃一惊。

我自己拒绝上体育课还是在小学一年级的时候，并且表现得很坚决，拒绝的态度就像法律对小偷不能容忍的态度一样坚决，最后父母给我弄到了一个假病历，证明我得了什么病。后来，在我八岁的时候，我真的病得很严重，于是我再也没上过体育课。但是我一直牢记着我的体育老师们——他们要么是一位体格高大健壮的叔叔，要么是美女运动员。比如像斯维达这样的美女教师，她们总是很开朗、很善良，而男的体育老师（就像我在一年级时遇到的）一般都很凶。

波利亚的体育老师是一个非常瘦削、小个子的纽约犹太人，戴着眼镜，鼻子里不断地往外流鼻涕。除此之外，他明显是一位癔症患者——马上就开始对我歇斯底里地尖叫，用他那细细的嗓音数落着说："你的女儿不想上体育课，这太可怕了！"体育强身健体，比如他自己是个从小就常生病的孩子，但他忍着病痛，在体育的帮助下增强了自身的体质，成了一个强壮的、身材高大魁梧的人，而现在他又开始教体育课，来帮助别人强身健体。由于他喊叫的声音过大，用力过猛，他的红鼻子里流出了一滴鼻涕，紧接着他的鼻子里又开始产生另一滴液体。

波利亚是个像希腊雕塑一样高大健壮的女孩，她站在我身边，表情忧郁地看着他。就在这会儿，他一直用手对所有女孩摸摸搜搜——这让我感到非常讨厌！

"与体育老师的谈话结束了，现在轮到见数学老师了，这个体育老师真该去教数学……"

"教数学的老师是印度人，他从不在课堂上谈论数学的事情，而是整天地讲述美国的白人民族是怎样欺负他们印度这个小民族的人。这和我们的数学课有什么关系？总之，他一直在说印度人比白人好得多，比白人干净，什么都比白人好。”

这时，我们已经走到了数学教研室，我看到一个高大的印度族的年轻大汉，就像电影《在精神病院的上空飞翔》里的主角一样——这个人应该去教体育。

我决定不和他谈论我女儿的问题。我们立刻去找了校长，校长客气地告诉我们，无论在什么情况下，哪怕波利亚明天就改过自新，她也必须在这所学校学习到二十一岁，这样才能通过她所有线下的考试课程。他们建议她去修读“G类和D类”课程这些是半年期的函授课程，相当于中学学校的日授课程，他们说他们会给她一个良好的鉴定，然后这两类课程结束后，在她考大专学校时，他们也仍然可以给波利亚出一个良好的鉴定。

我把被学校开除的女儿安排到我以前经常去的“棕熊”酒吧当招待。这是一家带台球案子的面积很大的酒吧，里面光线昏暗，令人感到不舒服。它在世界贸易中心附近，表情忧郁的绿眼睛塞尔维亚人维嘉是这家酒吧的老板。维嘉是一个鳏夫，他被俄罗斯芭蕾舞演员卡列里亚·费迪奇切娃抛弃了。这一切都是科斯基·库兹明的遗产，在“棕熊”酒吧里科斯基曾和其他几位俄罗斯艺术家一起组织了一场“真理”杯艺术大赛。他们从那时起开始做各种各样的展览，但成果时好时坏，但是至少，这个地方已经变成了明显是以俄罗斯人为主的地方。

这个性格忧郁的维嘉爱上了我，但是我没有接受他的爱，他是不是塞尔维亚人不重要，重要的是，当时还是传统婚姻思想盛行的时代，与外国人恋爱、结婚还是不能被接受的。对于其他民族的人的爱仅限于友谊——这是一种形而上学的，不能上升为肉体接触的纯友谊关系。但我确实走了他的后门，才安排我未成年的女儿波利亚去那里当上了酒吧女招待——那里几乎每天晚上都能听到古典音乐。波利亚自己就可以当歌手，她学的专业就是女高音。我想让她听听好的音乐，同时掌握一项有益的职业技能。此外，维嘉也住在皇后区，可以每天夜里把她捎回来。是的，过了半年他还是把她从酒吧里赶了出去，并对我表达了歉意，但我还是惊讶于他竟然能忍她这么久，因为波利亚是一个很特别的酒吧女招待。

纽约的酒吧招待有两种类型：第一种是一个年轻貌美的女人，尽可能地展示着自己的性感；第二种是一种不太高明的演说家，像一个牧师一样站在柜台后，说着各种有趣的噱头来引诱着人们过来。波利亚却与这两种类型都不一样，她穿着迷你短裙（十六岁的她看起来就像二十五岁的女人那样花枝招展），同时她是一个能说会道的哲学家，如果不是因为她演说的主题与酒吧的环境不合时宜的话，她就是一个绝对上好的女招待。让她最为焦躁不安的，是自己戒掉毒品和酗酒的那段经历。她是一位有过丰富经历的姑娘。她站在桌后，组建了一个“匿名酒鬼俱乐部”，也就是说，她整天都在向自己的酒吧顾客们讲述酗酒的害处。她说：“你为什么要坐在这里？你在这里没完没了地坐着做什么？你的生活就是要在这个吧台后面度过吗？不，我不会再给你倒酒了，一晚上喝一瓶酒——我不给你倒了！你即使叫警察来也不行！没看到吗？我在后背上写着：‘调酒师有权拒绝每个人喝酒，可以自行决定。’你说清醒是什么意思？你是否清醒由我来决定。你们快过来看看他呀，尊贵的客人们！一个清醒的人难道会如此骂人吗？会对这样一个可怜的女孩大喊大叫吗？！”

你可以想象，这些快乐的爱尔兰酒鬼们，这两年在这个臭气熏天的“棕熊”酒吧里喝酒喝得烂醉如泥的酒鬼对她的举动感到多么惊讶！这种被叫来警察的可怕事情就突然降到了他们的头上！！这是多么骇人听闻啊！！！

同时，她又是极其勇敢的——这是我们家庭的传统，她的外祖父，也就是我的父亲，是一名波罗的海水手。总之，她在酒吧里工作了半年后维嘉终究忍无可忍了。但那时她在那里毕竟工作了一段时间，大概一周赚一百美元，这是一笔她个人可以支配的私房钱。

在一个美好的日子，没有正常的工作，没有钱，缺少爱情和友谊的复杂心情在我的心里混杂在一起，就像三份黑色鸡尾酒（当白酒与咖啡味的烈酒混在一起时，这是一种极其烈性的白酒）一样五味杂陈，我突然产生了一种不想再活在这世上的想法。我早就想一觉睡死过去，第二天早晨不再醒来。但我自己却不敢承认，自己早就有这个想法。因为如果承认自己患有如此严重的抑郁症，那么就得做点什么——就要去看医生。那医生会怎么做？他会给你开让你感觉心情舒畅的药物！我不需要这种东西，不想让他将我的病情定义为精神病，于是我开始思考自己将要离开人世的时间、地点以及离开人世的方式。对于这些问题，我很快就有了答案，并决定和波利亚商量一下——在当时，她是我唯一的朋友。

“我认为自杀和自杀还不一样，一种情况是一位歇斯底里的女士吃了一把安眠药或割了腕部的血管，只是因为她被某个白马王子又一次抛弃了，这当然是罪过。总之，这是一时的打击，不应该因为这一时的冲动而自杀。但如果这个决定是由一个成年人在完全平静的状态下决定的，只是因为厌倦了这个世界，而想去另一个极乐世界，这就另当别论了。比如说，我就相信死后我们会去一个别的更远的地方。对我来说，活在这个世界上很难，波利亚，我几乎已经没有力气了。我曾经有过一段很美好光明的生活，我死后会留下很多东西——很多绘画作品和歌曲，你这么出色，而我疲惫了。所以我做了决定，再过五年，当你年满二十一岁，已经成年的时候，我就自杀。我要回到俄罗斯，去做我最后一次尝试。万一我在那里寻找到了爱情，我的心情会变好的话，我就在那里留下。然而这并不现实，我在那里没有住所，所有人都忘记了我，那里其实也没有人需要我，所以……”

“我非常非常需要你！”

“再说吧！我不会马上去自杀的！我说过了，再过五年再说，总而言之，如果我发现在俄罗斯没有人需要我的话，我就会去高加索，我会爬上一座高山然后跳下去，既不痛苦也不可怕，我可以这样做，不是吗？如果我真这么做，你会原谅我吗？”

“我理解你。我会原谅你，那妈妈呢？”

“关于父母，我也有考虑过的。你应该事先学习一点儿佛教，对父母撒谎说我去佛寺了，就像娜塔莎·科兹洛娃的丈夫一样，我不想再看到任何人，你以我的名义从寺里给我们的妈妈写信！写一写寺庙地下室的老鼠都在想些什么，你要给他们写一辈子，直到他们死去。他们永远也不应该知道真相，你可以答应我吗？”

“可以。”

“那就意味着你同意了，你认可人有自杀的权利吗？”

“当然了，我认可……好了，我现在要去睡觉了，好吗？要不然我的头要疼炸了。”

我也去睡觉了，那天是周五，我在入睡前还在想：“我的波利亚还是那样的不感性，还说‘头开始痛了’，换作其他女儿一定会说‘妈咪呀，你不要这样想啊！’她也从来不叫我妈咪，而只叫我尤利娅。她叫我的父母为爸爸妈妈，我的妹妹丽莎只比波利亚大两岁，所以她们两个看起来更像是姐妹，而我则是她们两个人的姐姐。总之，一切似乎都很正常。五年后我就可以安静地死去了。再说五年算得了什么，一晃就忍过去了。我能活到波利亚上大学甚至考上研究生之后。我很清楚，没有必要再多活下去了——我是个失败者——在所有方面都是个失败者，我算不上什么艺术家，也算不上什么设计师。我没有朋友，也没有情人，就是这样。所有人都认为我是个疯子，我的妈妈也不再爱我了。我已经不能再在这里生活下去了！一切都决定了，我再活五年，一切就结束了……”

想到这里我睡着了。早上，我一进到厨房就发现桌子上有一张便条，上面写着：“尤利娅！你昨晚不知怎么很伤心，这一百美元你拿着去‘萨摩瓦尔’酒吧，喝一杯吧，换换心情吧！或者给自己买件什么礼物，否则你的心情不会好的。波利亚。”

这是她一周工作的全部薪水。于是我马上意识到我不是失败者，因为我这辈子有一件事情似乎已经完成了，而且还做得很优秀。这件事做完之后，难道我还是失败者吗？我怎么能死呢？显然，我有事可做——我应该抚养一些孩子，我应该去当保姆或做家庭女教师。再多抚养成一些像波利亚那样的孩子，我再也不想自杀了！

走吧，波利亚，我们去唱歌。我们好好地劝说他们，他们不理解用酒瓶子砸脑袋的方式，我们必须去告诉他们俄罗斯思想的实质。总之，他们都是混蛋。我当然非常勇敢，但是我不会唱歌，所以我们走吧——你与我一起合唱吧！

总的来说，这已经不是这个可怜的女孩第一次觉得她了解了更高的真理，我们需要为此做些什么。已经有一个美丽的女孩，有人在一棵树下正在向她诉说着什么。

“说还重要吗？”

“只需要唱，你不用害怕，说的任务由我来做，你只要站在我身边就行了，要不然我有点怕。”

“好吧，我们上台吧！”

波利亚几乎知道我创作的所有歌曲。我和塞尔维亚人维嘉商量好了，占用他一个不对外营业的工作日，所以没有任何吉他手，只有我和波利亚两个人在酒吧里。

就这样，波利亚至少能唱女中音。而我，从来没有在厨房以外唱过歌。

没关系，我在想，我又能损失什么呢？我早就有“城市疯子”的名声了，不亚于《聪明悟》的主角恰茨基。没什么可怕的，是时候反击这个舆论暴力了（冲出这个舆论包围圈了）。

原来，学完“G类和D类”课程的孩子们在考入大专学校后会被自动等同于差等生，而且要按照我妹妹丽莎所走过的路走。我妹妹丽莎也在该中学学习过，只是比我女儿大两个年级。她也是艺术专业的学生，而且沉言镇静且不失尊严地修读了一些课程，正好到二十一岁才毕业。

总之，波利亚就是陷入了这种局面。在一年以后要上大专学校之前我们才弄清楚，任何好的大专学校都不录取她，也没有任何地方想为她提供免费的教育。女儿把申请材料发往了一个又一个学校，最后都遭到了拒绝。终于，她来找我，兴奋地挥着纸炫耀着：“瞧，这些人录取了我！我确信他们一定会录取我的！他们寄来了一个能力专项调查问卷，这是专门为上学有问题的孩子准备的。这些孩子需要寄去一篇关于‘为什么我辍学了’的自我介绍，我写的内容足以让他们录取我。”

“这件事你怎么都没告诉我？我想知道你为什么不告诉我？你总是什么事情都给我讲的呀……”

“但是，你知道的，我不想和你说是害怕你会生我的气……”

“我会生气？”

“是这样，事情的原委是这样的，”波利亚开始为我声情并茂地朗诵起她写的自我介绍，“当我年满十六岁的时候，我的妈妈由一个慢性酒鬼，彻底变成了一个真正的酒鬼，把我撵出了家门，难道我还能顾得上去上学吗？我不得不从十六岁开始去干重体力活儿来谋生……”接下来的内容还是这种基调。

“你怎么能这么无耻！谁是酒鬼？你是说我在‘萨莫瓦尔’酒吧里喝的那瓶酒吗？你是知道的，当时我心里多么苦闷……”

“这跟这件事有什么关系？尤利娅，我知道你并不是酒鬼，但我需要被大专学校录取呀！而且，最终我也会报考作家创作专业，我难道不可以展示一下自己创作的想象力吗？我发现各种著名的女演员和摇滚乐手都会写自己童年的故事，发表在各类杂志上，所以我才决定这么写的！”

“那如果我要去看你呢？”

“为什么？你为什么要来这个纽约州南部的奥尼安特？我每个假期都会回来看你。实在不行的话，我就说你去了戒酒志愿者服务队，并在那里戒掉了酒。这样他们就会接受你，而且还会给我一笔钱。因为在民族那一栏中我写的是‘俄罗斯黑人’！”

“什么？”

“俄罗斯黑人。那里有三个选项——白人、黑人和拉丁美洲人。你是知道的，黑人和拉丁美洲人属于受歧视的人种，而你来此目的完全不在这些选项里，如果是通过其他途径来此地，那么无论是考试还是奖学金方面都有各种优惠政策。

于是，我就想，如果有俄罗斯高山人，那为什么没有俄罗斯黑人？我反光的头发其实也是黑人的颜色。”

“那如果他们问你俄罗斯黑人都住在哪里，你怎么回答呢？”

“这个我还没想好怎么回答。”

“你就说，俄罗斯黑人住在阿布兹德里亚。你记住——是阿布兹德里亚。这是北高加索的一个很小的山地共和国，那里居住着阿布兹德族人，也就是俄罗斯黑人。”

“真的有这个共和国吗？我甚至不想羞辱这个国家——在美国，关于该地区被永久地取消了，我想知道这个小国家怎么得罪美国了？”

然后波利亚在进入大专学校前专程去了这个奥尼安特的暑期学校。在这个能力专项培养计划中，她，不仅是唯一的一个白种女孩，也是唯一的可以流利写、读和说英语的人。这里聚集了从困难家庭来的有各种学习障碍，但智商和天赋却是极高的孩子。这个暑期的预科学校要重新教他们学会学习。波利亚说自己就像在幼儿园一样，然后她又打电话来，感到非常满意，她说：“你知道吗？我真的没想要独立的房间，我觉得他们也不会给我。今天我们需要填写一些特殊的问卷，了解各自有什么样的爱好。总之，我还是这样写道：我正在研究‘维基’，其实就是‘巫术’，我的爱好是晚上下课后在房间里研究小型动物，比如青蛙、松鼠或老鼠……他们会根据我们的爱好，来决定谁和谁在一个房间住。我本来觉得这样我会能一个人住了，但事实上我的花招没有得逞！”

三天后，很晚的时候，女儿又打来了电话：“尤利娅！他们把具有同样爱好的一位姑娘安排和我一起住！她的身上从头到脚都是花纹图形，浑身都是文身，我好害怕她啊！”

事实上，他们为波利亚选的室友非常成功，她们相处得非常好，后来甚至成了朋友。

但第二年波利亚就已经一个人住了，她在这所大学里开始了一个令人眼花缭乱的职业生涯，第二年夏天她已经在暑期班里开始教学，后来她一直都是各种老师的助教，甚至成了当地大学生作家俱乐部的主席。每年我都会因为她而获得各种荣誉证书和各种“荣誉汇总表”。

后来，在奥尼安特“结束学业”后，波利亚回到了纽约，考上了法学院研究生。她说自己已经厌倦了贫困，希望有能力赚大钱，希望她的家人能够支持她的努力。事实上，一个人是富有还是贫穷并不重要，只是同样的品质对富人和穷人的叫法不同而已。被富人称为贪婪的东西，在穷人那里则被称为吝啬。富人的厚颜无耻和蛮横无理，在穷人那里就被称为傲气和委屈。而所有美好的事物在富人和穷人那里的叫法都一样。

“波利亚，你喜欢美国吗？”

“你是指美国思想吗？当然喜欢。”

“什么思想呢？”

“它能接纳一切外籍人，接受一切国家的移民，我记得移民到这里的第一个冬天的艰难，但我仍然喜欢美国这种愿意接受移民的思想。”

“你难道不认为在没有尽头的、百般艰难的移民的第一个冬天里，没有凳子，没有拖鞋，没有碘，甚至没有罐头食品的开瓶器的那些日子，会完全影响你继续活下去？”

“当然啦，但是我说的思想指的不是这些，我喜欢的是美国思想。”

“那美国呢？”

“纽约吗？喜欢，当然喜欢。”

“瞧你们这些在纽约中心打拼的孩子，你们能放松吗？你们的生活容易吗？”

“当然不容易，在纽约的生活不可能会放松的，这里的生活压力很大。”

“可是在俄罗斯……”

“在俄罗斯要看在哪里生活，在莫斯科也一样不轻松！”

“你就不要提莫斯科了，对我们来说它就是说俄语的国外，圣彼得堡则另当别论……”

“圣彼得堡不是典型例子，圣彼得堡可能是世界上最好的地方，但这个话题与俄罗斯和美国又有什么关系呢？在佛蒙特可能会活得轻松一些。在一些美丽的小城市可以轻松生活，那是老嬉皮士——知识分子们想去的地方。”

“那你想在哪里生活呢？”

“圣彼得堡或者纽约。”

“那哪个民族的人对你来说更亲近一些呢？”

说到这个问题女儿没有说话，她沉默了两分钟。

“在纽约生活的移民的孩子，比如说那些上专门的‘英语第二语言补习班’的人，他们都是艺术专业移民的孩子，来自不同国家，但他们最亲近的人还是俄罗斯人，也就是说，是来自拉瓜迪亚中学的那些俄罗斯孩子。”

“那么犹太人呢？你感觉跟他们的关系近吗？”

“不，这个完全不重要。”

“那反犹太人呢？”

“不，有很多人是白人至上主义者，他们讨厌所有人，讨厌所有外来移民者。我们那伙人有黄皮肤、黑皮肤和外国移民的孩子。至高无上主义者非常憎恨俄罗斯人，甚至超过憎恨犹太人。你知道吗？我们有这样的一个集体，我们所有人都是在学校里被打过的人，我也在被打者之列，在印第安纳州。不是因为我是俄罗斯人或犹太人，而是因为我来自可怕的、讨厌的纽约。总而言之，也就是因为是‘莫斯科的高贵身份’，对吧？”

“对！我了解你的经历，但你们那伙人里的其他人……

都是漂亮的、个头很高的女孩，她们是因为什么被打呢？”

“是的，打她们的都是那些身材矮小的人……总会有一个领头的，他们会打那些不同意他做领头的、不愿跟随他的人。”

“我也总是不同意跟随头领啊，他们没有打过我，只是不接受我，就这些。是的，总的来说，到目前为止还不接受我。但你说得对，这些不被接受的人会形成自己的团伙。”

在这样的团伙里，没有人被欺负……

十一岁时，在印第安纳州中西部，他们进行了一个研究项目：用两个真实的例子研究一个问题。波利亚做了一项调查项目——研究希特勒和食人鲨。

“你真蠢！鲨鱼是动物，它不是故意杀人的！”

“你不懂！鲨鱼是一个十足的流氓！除了希特勒没有一个人会这样做！剩余的鲨鱼都表现得很有礼貌。”

“那希特勒怎么了？如果你遇见五岁的他，如果你知道他是希特勒，你还有一把手枪，你会杀了他吗？”

“不会，当然不会！我会把他偷走。”

“从哪儿偷？”

“从他父母那里偷来给你，让你培养他，他就不会成为希特勒了，而会成为一名优秀的艺术家。”

在纽约的地铁上，波利亚写下了下面的诗：

《隧道里的老鼠在幻想什么》

隧道里的老鼠在幻想什么，

当它匆匆穿过地铁黑暗的隧道时，

它永远避开了致命的火车，

否则火车会把它切成两半？

当它吃垃圾和腐肉时，

当它被像人类美食的毒药毒死时，

当它与同伴为了美食而你死我活地争斗时。

它为什么住在隧道里？

为什么总是住在黑暗、震耳欲聋的隧道里？

隧道里的老鼠在幻想什么，

在想避免致命的火车，

会把它切成两半的火车时，它在梦想着什么？

这个丑陋的东西让我们如此厌恶，

甚至不会把它踩在我们的脚下。

这种低级害虫，

带来死亡和瘟疫。

我们多么讨厌老鼠，

讨厌它灰色带皱的皮肤和快速滑动的尾巴。

它能有什么样的梦想？

它只梦想着大海里含盐的空气，

梦想着海浪的轻柔摇摆，

梦想着木头和水手，

梦想着雷声留下的寂静。

但有时它也梦想着瓷器般光滑的皮肤。

梦想着幸福，

梦想着翅膀，

有时它甚至梦想着成为天使。

小天使

Малышка

奥莉佳·波斯尼科娃 著
王金玲 段苏蓉 译

奥莉佳·波斯尼科娃

Ольга Постникова

奥莉佳·波斯尼科娃，俄罗斯诗人、散文家，俄罗斯作家协会会员，其代表作包括诗集《闰年》《本都盐》、长篇小说《要高兴！》、小说集《两个声音之下的罗马》等，1994年曾获德国阿尔弗雷德·特普弗基金会普希金文学奖。

每天，塔季亚娜黄昏时刻下班回来，沿着柏油马路往家走时就可以从远处看到自己家位于二楼的窗户，她似乎觉得能从拐角房间的窗户上看到里面的墙面上映射出来的蓝白色的光。

有一天，当她从寒冷的外面快速跑到家时，她没有在门口换鞋，穿着靴子就嘎哒嘎哒地走进了房间，发现电视机开着，只不过是没有声音。于是她一下子就猜到她之前在外面从窗户上看到的那个泛蓝白色的光，正是开着的电视屏幕投射出来的。但是她不记得，她是什么时候开的电视机。是今天上班之前吗？还是她昨天晚上睡觉前忘记关了呢？

一天之后，她又从外面的窗户上看到了这种光。而当她回家察看的时候，发现电视机是关着的，但电视机的机盖是温热的，在机盖的上面放有一个用贝壳制作的雕塑品。这是克里米亚疗养院的纪念品，还有一个被封在一块有机玻璃中的温度计。塔季亚娜不是一个胆子小的人，但她还是觉得有点害怕了。

她走到镜子前并朝镜子里看去。她很少这样仔细地照镜子，晚上的时候更是从不照镜子，只有在去上班之前照镜子，检查一下衬裙是否从裙子底下露了出来。她向镜子里瞥了一眼，突然在镜子里看到了自己的样子。她的样子有些不同寻常：她，塔季亚娜，以圣母的姿势坐在那里，怀里抱着一个小婴儿。这是一个有着小圆脸蛋和一对圆眼睛的小女孩，样子就如同尼古拉·诺索夫童话故事《无知的小人》里小人国的主人公一样。

奇怪的是，这个小女孩只能在镜子里看到。当塔季亚娜看向真实的而不是镜子里的自己时，她的怀里什么东西也没有。小婴儿好像是长在她镜子里的人，似乎是影子折射出来塔季亚娜心里想的一样。于是她明白了，在她不在家的时候是谁打开了电视。要知道，这个小女孩一定是想听童话故事，想看儿童节目的。

在工作上，塔季亚娜因工作能力而被大家尊敬，却不被人喜欢。要知道同事之间的关系是建立在互相传闲话和经常八卦的基础上的，而她在工作时间是没工夫闲谈的。她不参加每周五的狂欢宴，午休时不去打乒乓球，也不会参与讨论新来的年轻的女专家是否会服从于领导的八卦。

女人们在背后总是嘲笑塔季亚娜是一个处女，她从来没有过男人。这种事儿发生在一个四十岁的女人身上被认为是丢人的。

父母过世后，她就孤身一人在一套三居室的房子里生活了二十年，房子几乎没有任何改变，还保留着妈妈在世时的样子。

餐橱里还放着画有“女花样滑冰运动员”和“雪姑娘”图案的瓷器，她们有着红润而高兴的小脸蛋。沙发上方墙上挂着的壁毯是妈妈弄到的，这是她在莫斯科奥林匹克运动会开幕之前凭借一张专门为老职工发放的兑换券购买到的工业产品。那时全家人等了一年采购的通知，终于轮到他们的序号，才最终买到了这个毯子。这个壁毯的图案上，在黑色和红色的中亚螺纹的中间镶有该体育盛会的标志——克里姆林宫钟楼的侧影下面是奥运五环。房间里还有一个大海贝，这是从奶奶那儿传下来的，在它橙色的开口处放着一些电费收据。

现在塔季亚娜在工作日结束后就想快点儿回家。她在商店里买了一盒用长方形包装盒包装的“神奇牛奶”，上面标记着“适用于八个月大的孩子食用”的字样，到家后她跑进厨房用牛奶煮了碎麦米粥。

她把盛着粥的盘子拿到了卧室，坐在镜子旁，用勺子舀起白色的热米汤，用力地吹气以便让粥凉些，再把勺子拿到镜子跟前。这个小女孩（也就是她的孩子！）感激地吞咽下食物，她是如此小心地吞咽着，甚至一点儿也没有把镜面弄脏。

塔季亚娜没有把自己突如其来的幸福告诉任何人。的确，在她讲述自己如何在卖娃娃的地方寻找娃娃，但最终没有找到合适的娃娃玩具时，已经让同事们感到极为震惊了。

但没有人问过她为什么要买一个娃娃玩具，因为实验室里的每个人都有自己的烦心事儿。

快到退休年龄的阿姨们会痴迷于为了退休前多挣点儿钱而竭尽全力兼做两三份工作——兼做项目组负责人的工作与夜间值班员或清洁工的工作。一些女人，尽管以前没有把自己列为有坚定信念的人，却沉迷于政治。在久加诺夫的率领下，她们手持着空锅，在十月广场的列宁纪念碑前的集会上高喊着口号。年轻人趁机酗酒，寻衅滋事，而女人们仅仅是关注对她们献殷勤的男人们约会的地方：有人在别墅，有人在澡堂更衣室的小屋里，有人在车上。

塔季亚娜的小宝贝看上去已经有两岁了，但是她发不出任何声音来，不知是她不会说话，还是因为从镜子的玻璃里面无法听到她的声音。初为人母的她缺少与孩子亲近的触摸感。当她亲吻小女孩的时候，她的嘴唇会碰到冰冷的镜面上，但镜子上的玻璃会变热。如果塔季亚娜在壁橱旁坐很长时间的话，她会用温暖的手掌托着可爱的孩子的小屁股并且仿效小孩的语气发出不同的声音哄她。她重温着她自己小时候的那些趣事儿：

“鹅怎么叫？”

然后她自己回答自己：“呱呱呱。”

“鸭子怎么叫的呢？”

“嘎嘎嘎。”

"狗狗是怎么叫的呢？"

"汪汪汪。"

"小猫咪是怎么叫的呢？"

"喵喵喵。"

小女孩还很小，但已经什么都懂了。她安静地听着，微微地张着小嘴，从镜子后的杂物里对着塔季亚娜笑。当她的头上映出用手指比成的小角儿的时候，塔季亚娜会大声说："小母牛是怎么叫的？""哞哞哞。""小山羊是怎么叫的？""咩咩咩。" "小绵羊是怎么叫的？" "也是咩咩咩。"

塔季亚娜生命里的大部分时间都是靠想象度过的。比如说，她想象着她会给自己在新年的时候缝制什么样的连衣裙穿；如何和她心仪的相邻部门的尼古拉·伊万诺维奇跳舞，她甚至已经练习过这个舞蹈了；或者她幻想去克里米亚东南部的镇子科特贝尔旅行，她会在那里游泳，并且在两三级的海浪中畅游，还会在岸边上捡肉红玉髓，甚至会在莫斯科孔尼科沃区的展销会上买一件昂贵的泳衣；制订"儿童之家"的援助计划，给不幸的孤儿带去礼物，而在新年钟声之夜，当所有孩子都躺在公家的小床上的时候，她就会像善良的仙女一样来到他们身边，给每个人分一个苹果，并且在黎明来临时用温柔的声音给他们讲童话故事……

尽管这件裙子还没有做好，在新年之夜她也因为这突如其来的牙龈脓肿没能穿上新裙子去实施她设想好的计划；买好的泳衣她甚至都没有试过,因为她没有钱去科特贝尔旅行;在孤儿院，她带去的橘子也被别人拿走了，她甚至连值班人员小屋子之外的孤儿院的内部都没有被允许进去过。但这些幻想使她的生活变得快乐而美好。而且，她经常不能马上弄清楚，这件事是否真的发生过或者这一切都仅仅是自己臆想出来的。

实际上，塔季亚娜倒觉得自己的这些特点——爱幻想和臆想的特点——总的来说，与他人并无不同之处。幻想，根据她的观察,她周围几乎所有人都有这样的共同特征。的确,大多数人都倾向于认为各种不幸都是被别人设计好的，怀疑领导，怀疑同事和身边的人在故意使坏。而且一些人甚至会因编造那些让人无眠的谎话而耗费精力使自己患上胰腺炎，比如编造对他们不重视的研究所领导的谎话，或者对记录他们矿工的考勤员进行诽谤中伤，或者对于懒得用开水清洁儿童尿布的儿媳妇的指责,等等。为此,这些人绞尽了脑汁撒谎。

另一些人则幻想着拥有可以躺在苹果树下，呼吸着新鲜的空气，消磨时光的别墅，幻想着便携式电视机就放在苹果树上。但在他们真的得到一块可以建菜园的地时，他们最终会得到一块不好耕种的地。于是他们会拉来黑钙土和厩肥给贫瘠的黏土施肥，还会在牧场上钻自流井，几年时间就会把城里公寓的所有东西都搬到这里。这时他们已是快到六十岁的年纪，有患心肌梗死的危险。而一个人独居在有花园的房子或者两层楼的别墅里且没有电话，不能给急救中心打电话，这对他们来说是很危险的。

因此，塔季亚娜在单位里其他女性代表的衬托下，因为她无所求而被称为“圣人”，同时又因为自己的无所求使其他人产生了不满。

她明白，要想生一个孩子，她还需要做很多努力。她不得不花时间在一些无聊的聚会上。她需要化妆，因为如果不这样的话，在那个亮眼的、争相浓妆艳抹的女人圈里是不会有人注意到你的。此外，还要忍受男人们的各种纠缠。最后，还必须要忍受一个具有下流属性的男人下体的强行侵入，然后为满足这个男人各种低级趣味的需求而浪费自己的时间。

她没有足够的精力顾及这些所有事，尽管她爱孩子并且做好承受一切困难的准备——承受九个月身体的不适，还有分娩时的痛苦——这一切都是为了一个和自己相像的小亲人的到来。

现在她感觉自己是幸福的。

但麻烦终究还是来了。

塔季亚娜走过了所有卖玩具的售货亭，在地下通道来来回回地走了两遍，从这一个摊位走到另一个摊位，但什么都没能选出来。她用兴奋的眼神观察着那些五颜六色的小怪兽，看那些衣着漂亮的布娃娃，但这些娃娃的脸上带有明显的性感，这使她感到反感，那些迷人的售卖女人总是让塔季亚娜有种危险的感觉。

一些玩具看起来完全是呆板的，另一些玩具上那些紧张的、可怕的面孔让人感到恐惧。所有这些玩具都是中国和美国制造的。这些带着完全陌生文化印记的玩具替代了她在童年的苏联时期的那种具有灵气大眼睛的斯拉夫民族形象的玩具人物。

颜色难看的兔子和熊玩偶都是用人造天鹅绒做的，方形的爪子和用小珠子做的眼睛被牢牢地缝在了它们的身上，它们都是一副显示出亚洲人沉着特点的扁平脸，也似乎只有亚洲人才会为自己的孩子买这些动物玩偶。

而来自大洋彼岸的动物们都带有印第安人的特点，它们带有长长的兽皮耳朵和爪子，是用塑料做成的，还有像鬃毛一样的胡须也是用塑料做成的，它们的样子向众人展示了世界的残酷，而且那带有威胁感的龇牙咧嘴让人想起墨西哥面具上的鬼脸。

那些有着圆脸蛋且整个胖胳膊和用细毛勾画出来的胶制的小指甲上缠着布的赛璐珞小娃娃在哪儿？那个闭着眼睛的，有着浅粉色陶制腿且穿着敞口女士便鞋的，身着浅色连衣裙的，身体被香气扑鼻的锯末填充的布娃娃卡佳在哪儿？能活动爪子的且背上有孔的长毛绒的大熊玩偶在哪儿？也正是因为有这些孔，如果拍拍熊的背部，就会听到它小而温顺善良的叫声。

……在有额外工作的时候，单位就会让塔季亚娜加班，她进行了人生中的第一次抗议。她没有解释自己不满情绪的原因，但是她对自己说她不想再工作到半夜，不想再为所有人承担责任了，因为她，也像其他母亲一样拥有早一点回家的权力，有在孩子还没有睡觉的时候回家的权利。她认为只有在晚上才出现的小女孩，没人喂的话，会饿死的。

每一次，在黑夜中走过那块位于地铁和梁赞大街中间的、从前是私人花园的地方时，塔季亚娜都会提醒自己，说不定在哪一个美好的日子里，更确切地说是在某个美好的夜晚，她随时都有可能挨一记耳光，也可能被抢劫。这种情况在这里经常发生，而且从一个老妇人那里抢走的不仅有手包，还有伞。

……在十月寒风充斥的夜晚，她十一点多才回家。大街上的路灯已经熄灭了，她要穿过的空地也是漆黑一片。这里因为没有人迹而让人感到忐忑不安。远处高楼大厦上灯火辉煌的窗户分外刺眼，但是在这里，长着野生的灌木丛，黑得伸手不见五指，她看不清楚脚下的路，甚至踩进了水洼里。

她感觉到自己背后有什么不好的动静，就开始沿着灌木丛间的小路向前跑，边跑边紧张地环顾四周，同时还抱怨着自己的新高跟鞋让她无法跑快。男人沙哑的呼吸声离她越来越近。

她从路边的绿化带跑到了住宅区，又从面包店旁飞奔而过。她想把鞋子扔掉，但是在男人追上她的时候她甩掉了一只，这时男人用一只手按住了她的脖子，巨大的手捏住她的咽喉之后，他的手指也伸进了她风衣的拉链里。他用另一只手撕碎了她的裙子，把裙子的底边也拽了下来。周围是高大的住宅房，而且她知道每一扇玻璃窗后面都有人，但是对于她“救救我”的呼喊，窗户里的人却没有一个做出回应。

他使劲地按住了她的头，把塔季亚娜压倒在地，似乎听不到她任何的祈求和呻吟，专注于喘息的同时还不忘用那双残忍肥大的爪子按住她的双手。他用一侧膝盖把她按压在地上，然后整个身体都从上面压了下来，继而他的手也松开了她的手腕。

就在这时，塔季亚娜下意识地用脚后跟蹬着向后退，她从下面溜了出去，然后用剩下的所有力气进行反抗，用鞋跟直接朝男人的腹股沟砸去——当他沉重的身体悬在她身体的上方时，似乎会把她压扁。

她向一边滚去，爬到沙质的路边后一下子就跳了起来。但是那个坏蛋怒吼着再次向她走来，她突然间有了力气，身体用力一纵跳过了路边的泥土带，因为她用余光看见一辆运载面包的小轿车驶向了面包店，司机下了车并且按下了行政办公入口的门铃。

塔季亚娜光着双脚，上气不接下气地跑到大街的另一侧，大街上的汽车冷漠地行驶着，她飞快地向着自己家奔去。

她觉得强暴者好像就在她的身后喘息……她快速爬上自己住的楼层，冲进了屋里，快速把门砰的一声关上后就直接倒在门口的地板上了，因为她的双腿已经站不住了，而她的全身上下都在颤抖着、抽搐着。

她突然哭了起来，不知为什么，她很快忘记了刚才发生的那些事，但一下子又想起来她人生中经历的所有屈辱。抽打，那是父亲对她实施的暴力，在她三岁的时候，因为她坐在父亲所在戍守部队的指挥官的腿上时，尿湿了他的裤子。中学时期她遭到同学们的孤立，是在她向老师说了一些女生从背后往她的脖子上抹墨水之后。还有辱骂，这是她现任领导的妻子在电话里对她的辱骂，听到那些愚蠢的谎话之后，那个女人怀疑塔季亚娜是她老公众多的情人之一，而且她怀疑老公把那些没拿回家的钱都用在与塔季亚娜的偷情上了。

身为受害者的憎恨让她浑身颤抖，以至于她想打碎自己的脑袋。她坐在门廊老旧的地毯上，时不时地用头使劲地撞门，却丝毫感觉不到疼痛。

当她沉浸在这样的愤怒之中，沉浸在痛苦的哀号之中的时候，她穿过楼单元的入口，并在楼道里留下了低沉的脚步回声。在黑暗中，孩子突然用双手搂住了她的脖子并且开始抚摸她那满是泪水的脸。她听到了“妈妈”的叫声，这叫声响彻了整个八层高的住宅楼，填满了塔季亚娜愤怒的心。这叫声让她平静下来，她那因为被玷污而疯狂颤抖的身体也不再颤抖了……

崇拜月亮

Поклонение луне

叶莲娜·克柳科娃 著
王金玲 段苏蓉 译

叶莲娜 · 克柳科娃

Елена Крюкова

叶莲娜·克柳科娃，俄罗斯诗人、散文家、艺术学家、音乐家，俄罗斯作家协会会员。1956 年出生于萨马拉州，现居于下诺夫哥罗德州。克柳科娃是一位多产的作家，著有诗集《钟》《创造世界》《镜》《浮冰》、长篇小说《死亡之门》《集市》《老照片》《士兵与国王》《地球》《欧亚》《私奔》等多部优秀作品。

月。它是如此闪耀。它耀眼得使我睁不开眼睛。我闭上眼睛也能看到它。

无论黑夜，还是白昼，我都能看到它。

它的脸时而生动活泼，时而像一个毫无生气的头骨一样；它在我的眼前移动着，时而像一张热乎乎的薄饼，时而像一口铜制的小煎锅，时而似一个鲜红的橙子，时而又似一个金色的南瓜；它有时露出孩子般的后脑勺，有时又戴上散发神圣光辉的圣象上的光环，有时鼓出圆圆的孕妇一般的肚子，有时又像沾满了泪水的脸颊。

月亮有时是圆的，有时是尖的，有时是热的，有时又是冰冷的。它在不停地移动着，旋转着。它不断地从我身旁经过。

它静静地悬挂在越来越黑的夜空中。

星辰好似一群白色的蜜蜂，抑或是一堆镶嵌在黑丝绒布里的钻石？别妄想了！星辰就是在漆黑的地球上的白色蠕虫，是那些昨天靠吃活人为生，而今天已经以吃死人为生的蠕虫。白色蠕虫般的星辰吃掉了我的父亲，也吃掉了我的爷爷和奶奶，吃掉了我所有的祖先。它们吃掉了在我之前曾用充满活力的双脚行走在地球上的无数代人。

我的双脚是充满活力的。它们还在不断向前行走着。它们不断前进。它们在寒冷的秋季的大地上行走着，冬天快要来了，月亮高高地悬挂在天上，它在黑夜中傲慢地从珍珠项链般的光环里升起自己高贵的女王般的白色面容。月啊，你就是女王，而我就是你的奴仆。我再走一走就会离开这个世界，而你却要在黑暗中一直发着光不停地旋转。我把冻得冰冷的脸裹在毛皮领子里。我用一只旧手套捂住了鼻子。我双眼凝望着月亮空洞的眼眸，喃喃自语着："我很快就要离开人世了，而你会将你那白色牛奶般的光芒撒在我的被扔在雪地的十字架上吗？我的孩子们会埋葬我，会在忌日、辰日时为我举办酬宾宴，然后就会忙于自己的各种事务而忘记我。我的孙子们不会来看我，更不会从遥远的地方来看我，他们都将生活在其他国家，对于他们来说，俄罗斯会成为一本书、一个童话和地图册上的一张地图。而你，我亲爱的月亮，只有你一个人会永远地陪在我身边。"

大家都说你只是一个毫无生命的天体。不！你是一个鲜活的生命。

而且我对你来说也只是暂时是鲜活的。

我们两个都是鲜活的生命体。

当我还躺在婴儿车里的时候，它就高高地悬挂在我的头顶。我的妈妈，一边摇着轻巧的夏季婴儿车，一边用手指着天上，指着那暮色沉沉的绿色天空，小声又高兴地对我说："这是月亮，我的宝贝列娜奇卡，这是月亮！"我，一个小婴儿，乖乖地模仿着她的话“月亮，啊——啊——啊——啊”。我很早就学会了说话，非常早。在别的小婴儿们都还只会吃奶的时候，我就会说话了。

然后妈妈把婴儿车推到陈旧的房子里，解开粗麻布做的婴儿车上的安全带，小心翼翼地把我从婴儿车里抱出来，再把我放在沙发上。我看着妈妈清洗红色的大西红柿并把它们切好，看着她切割鲱鱼，然后又看着她洗土豆。我望着屋里的墙壁并用一只手指着有些脏的壁纸，指着墙纸上的小玫瑰花纹和这些花纹中圆形的带着锯齿状的叶子。

很多年以后，当我长大之后，我不记得是在哪座城市，也不记得当时是谁当权，我们曾生活在哪个时代，又是如何生存下来的，我给妈妈描述了壁纸上的花纹，那些带刺的小玫瑰花以及那些小叶子和小花瓣。她听完后拍着手掌大声地说：“天呐！我的天呐！难道你真的记得？的确就是这样的花纹啊！天呐，但你那个时候只有半岁呀！那时你还吃着我的奶呢！你不可能记事的！这不符合常理啊！”

……生命里常发生一些不可思议的事情。

生命里经常发生着不可能发生的事情。

生命一直在繁衍生息，转眼间，生命就不复存在，就像你从来没有来过这个世界一样。

……于是那个月亮也融化了，也像从来没有存在过一样。

但是我记得它的存在。我记得它。

红棕色带有橙色外壳的月亮缓慢地在天空中移动，在炎热草原的上空旋转，在我们曾住过的伏尔加河沿岸的草原城市上空行走；在月亮之下，有许多人在这里不慌不忙地蠕动着身体，他们像一个个小圆面包在这个睡眼惺忪的、被太阳炙烤的城市里蠕动着，所有人都祈祷着夜晚快些降临，祈祷着快点凉爽下来。这时月亮出来了，它金黄色的眼睛嘲讽地照射在因炎热而死气沉沉的草原的宿营地上。月亮也看到了一个长着黑色发和黑眉毛且皮肤黝黑的年轻女人，就像吉卜赛女人一般，她抱着一个孩子坐在城市的一个小公园里。这个女人看了看一个小型手表——她留意着时间，推测着是否到了该回家的时候。家里则是空荡荡的，丈夫不在家，他是个艺术家，过着自由自在的生活，他辗转于各个饭店、展览还有朋友的作坊，他和朋友们在外面喝酒吃饭，与美女们嬉笑拥抱，而他的妻子和年幼的女儿坐在城市的小公园里。她平静地坐在那里，她黝黑的脸比天上的月亮还要泰然自若。她最后看了一下表，然后站起身来不慌不忙地、目光从容地往前走，推着婴儿车里的女儿。女儿是她的骄傲。

小女孩抬起了戴着花边小帽的脑袋，看着天空，还举起了那有着胖乎乎的像蠕虫一样的小手指的小胳膊。看到月亮让她很开心，在她眼里，月亮就像一个熟透了的橙子。她将手伸得更高，似乎她想伸得再高一点，就能够到月亮。

小女孩唱着歌，用细细的、小猫一样的嗓音喵喵地唱着：

“月亮——小月亮——月亮——亮——亮——啊！……月亮——小月亮——月亮——亮——亮——啊！……”

一位眼神严厉的、从旁边走过来的老奶奶用审视的目光看着在婴儿车里和月亮玩得正欢的可爱的小女孩，妈妈走过来之后她说了一句：

“她会成为诗人的。”

“妈妈，妈妈！……有人告诉我，她会成为诗人的！……或许，是吉卜赛女人说的，或许她会占卜术吧，也或许是来自摩尔多瓦的比萨拉布卡女人吧……她的头发是那种灰蓝色的，眼睛就像橄榄树的颜色一样……在大街上，她主动走到我们跟前……”

“哎呀，我的天呐！……会成为诗人……这可不好……所有的女诗人都是没有女人味的女学究……这可不好，非常不好……将来会颠沛流离，会吃不饱穿不暖……不知道该如何养活自己，会像两只母鸡抢食一样和别人抢食吃……哎呀，真是个苦命人啊……”

“她可以写诗！她会写歌颂月亮的诗……总之，她会写出很美妙的东西！……”

“而你没记住她说了什么吗，女儿？”

“不，我没记住……但是她说出来的东西很美……”

我的外婆和妈妈小声地谈论着关于我的事，而且我完全能听懂她们说话的内容。

她们的手在桌子上忙碌着，将牛奶从罐子里倒入白色的杯子里，将乳渣分放在每个人的盘中，从像太阳般金黄的柠檬上切下晶莹剔透的小圆柠檬片。

这时夜幕已降临，填满了天与地之间的空隙。

深夜时分，小女孩的爸爸回到了家。这是一个高个子男人，他的像光环一样发亮的秃顶周围长着像汗毛一样稀疏的头发。他是有点喝醉了吗？……不，是彻底喝醉了，他身体就像钟表的摆锤一样摇晃着，长长的腿勉强能站住。他身穿浅色的西装上衣，像一个纨绔子弟一样打着蝴蝶领结，俨然是一个住在大都市里的衣着考究的人。呵，他显然是喜欢在一个小镇上炫耀自己的都市风范：他曾在列宾美术学院学习过，师从苏联著名艺术家格拉巴里[1]，曾在约甘松[2]的工作室学习过！……也曾给尼古拉·罗马丁[3]当过助手，为其往调色盘上挤过颜料！……而现在，他柞丝绸做的西装袖上沾染了红色的油画颜料——这是一小块色淀茜素红，也或者是一块偏红色的镉黄颜料。妻子看到后以为袖子上沾的是血，一边看着他的袖子一边小声地抽泣起来。她不想让喝醉的丈夫看到自己的眼泪，就将脸转向了窗户的那一边。

---

1 伊戈尔·艾曼诺维奇·格拉巴里（1871—1960），苏联画家，艺术家，苏联人民美术家，苏联科学院院士。

2 鲍里斯·弗拉基米罗维奇·约甘松（1893—1973），苏联画家，苏联人民美术家。

3 尼古拉·米哈伊洛维奇·罗马丁（1903—1987），苏联画家，苏联艺术学院院士，苏联人民艺术家。

但他用力地将妻子的身子转向了自己。他扑通一声跪在了妻子面前，低下头吻了她的膝盖又吻了她的双手，然后说道："请你原谅我，请你原谅我，我亲爱的小黑妹，求你原谅我！……我这是最后一次喝醉酒了……但今天的展览非常棒，又来了那么多要好的朋友，大家难得一聚！……我最喜欢又崇拜的阿廖沙·维普赫瓦泽从第比利斯来了，还有从沃洛格达来的瓦洛佳·科尔巴科夫，从莫斯科来的鲁斯塔姆·亚乌舍夫，还有……就是很多好朋友都聚在了一起！……不知道来了多少人！……总之，宴会很隆重的！……我也在宴会的宾客之中，而且我喝的是蜜酒，在海边我还看见了一棵绿、绿、绿色的橡树……"他一直在亲吻着她，不停地吻着，她却一直将脸扭到了另一边。

而小女孩在一个用小枝条做围栏的小床上睡觉，这是爸爸为了不让她掉到地上而为她做的床。是他自己亲手做的。

她的爸爸吻掉了从她的妈妈脸上流下的眼泪。

她的妈妈原谅了她的爸爸这一次的酩酊大醉。不知道这是第几次的原谅。每次都说这是最后一次。

但永远都不是最后一次。

她还要原谅他多少次啊，不知道还要原谅他多少次……

小女孩什么都听不见了，她安静地睡着，然后她突然醒了。

她突然醒来是因为月亮在望着她的窗户。

月亮在严肃而专注地望着她的窗户，这让人感到恐惧。

月亮在用可怕的眼神看着她。

现在，月亮不再是一如既往的像橙子一样的金黄色了，而是浅蓝色的，是死气沉沉的银白色的，因为它离地面太远了，几乎爬到了天际的顶端。它正在用镶嵌着的黑色的干涩的空洞的眼睛往下看，看人类的世界。它看到了什么？它在想什么？

小女孩在床上坐了起来，她看到爸爸和妈妈相拥着躺在床上。爸爸还穿着衣服，妈妈则穿着睡衣，她裸露的肩膀在黑夜中死气沉沉的月光下闪闪发光。小女孩看着自己的父母，他们就像放在篮子里的两条鱼一样缠绵在一起。她见到过一个装着数条银色鱼的篮子——这些鱼是渔夫们从伏尔加河里打捞上来的，妈妈买下了满满的一篮子鱼，她把自己小包里所有的小面值硬币和发出沙沙声响的钞票都给了渔夫叔叔。这种行为就叫作“买卖”。

而月亮，月亮就像从妈妈包里掏出来的那枚圆圆的银色小硬币一样，小女孩解开了妈妈包上的拉链，把钱抖落出来并玩起了硬币来，就像这些“硬币鱼鳞”一样……硬币也的确像鱼鳞一样，只是比鱼鳞更硬、更冰冷……或许，这是龙身上的鳞片吧！老伊万·尼古拉耶维奇叔叔给她讲过龙的故事，她的爸爸妈妈从这位叔叔那里租下了他们现在住的小房子。“住的地方”的意思就是能吃饭、能喝水、能睡觉的地方。妈妈每天都带着她到外面去。外面的人，还有很多静止不动的东西和其上面摇曳着的叶子（他们称之为“树”），很多散发着难闻气味的铁马车（他们称之为“汽车”），天上有很多鸟儿，它们突然一跃而起飞向了炎热的天空中，像面包渣一样，仿佛有一只巨大而温暖的手把它们洒向了空中……

突然月亮降落得更低了。

突然它降落得更低一些了。

它突然直接挂在了窗前——它那宽大的脸紧紧地贴在窗玻璃上，拼命往屋里看，小女孩突然有种又惊又喜的感觉，就像爸爸每次和她玩耍时把她举得很高，举到天花板时的那种既害怕又欢喜的感觉。

“月亮，小月亮，我的小月亮啊！”小女孩翕动着嘴唇说，“你来是想把我带到你身边去吗？是想带走我吗？”

月亮也张开了嘴唇。它的双唇上布满了皱纹、瘢痕和裂纹。星星从它满是白发的头上划过了。它空洞的眼窝已经被燃烧得发红了。

“不，你还小呢，还太小了。你才刚刚来到这个世界上。你应该活下去。你会活得很久，很久。等到以后，无论如何我都会把你接回到我身边的。”

“很久？活得很久是什么意思？意思就是要吃饭、睡觉、散步很久吗？‘很久’……是什么意思呢？”

月亮笑了。准确地说，它不是微笑而是咧开了嘴。它的头颅旋转了过来。小女孩从来没有见过人的头骨，但她还是害怕银色的没有牙的张着嘴的头骨一样的东西。

“这里说的‘很久’的意思是时间不长，”月亮小声地说，“很久是一瞬间，但在这短暂的一瞬间，你要感受和经历一切。在这短暂的时间里你要学会思考，学会爱所有的人，学会讨厌所有的人，学会和所有人进行斗争，学会和所有人和解，学会宽恕一切，学会相信一切，学会怀疑一切，学会知晓一切，学会忘却所有，学会厌倦一切，并学会抛弃所有人。最后，你仅能向唯一的一个人伸出双手，伸出你布满皱纹的、不中用的、不停颤抖着的双手。”

“可是我最终要把手伸向哪里呢？……”

“伸向我这里，最后都要把手伸到我这里来。”

于是，小女孩将双手伸向了月亮那流着泪的脸颊，并且声音尖细地哭了起来，她边哭边说道：

“不要哭！不要哭，亲爱的月——月亮！我永远和你在一起……我永远和你在一起！或许，我——就是你的女儿！而不是我妈妈的女儿！可能是你把我从天上扔下来投给了我的妈妈……我飞了很久，很久……然后妈妈接住了我，并紧紧地抓住了我！把我紧紧地塞进了她的胸口里！于是我就在她那里出生了！但要知道你才是我真正的妈妈……是吧？！是这样的吧？！无论怎样，我都会离开这里去你身边的……

不管怎样我都会来到你身边的，你不要哭泣！”

月亮将巨大又沉重的脸贴在窗户上，流下了一千年前就已干枯了的黑色血泪。它和小女孩一起哭了。

但是玻璃，那块透明的玻璃成为她们之间的障碍。

“我会带走你的，”月亮小声地说，“你再等等。”

“我想拥抱你！”小女孩哭着说。

“你需要再等很久……现在还不行……”

“我现在就想拥抱你！”小女孩哭着说。

于是月亮说：

“闭上眼睛吧！一切都会到来的！”

小女孩闭上了眼睛。她感觉到一个穿着白色麻布长裙的女人走进了房间，她的裙子长得拖到了地上，她的短衫就像一个袋子一样，她把小女孩从床上抱到了怀里。小女孩触碰到她的脸和头。她的粗布上衣散发着清新芬芳的味道，散发着天空和星星的味道。女人的脸是冰凉的，像冰一样，鼻子是蜡质的，下巴是大理石的。它的脖子却是突然变热，像篝火一样热了起来。小女孩亲吻了这簇火，她的嘴唇和脸颊都被烤热了。于是她哭得更厉害了，哭得更加抑制不住。而女人把她带到了窗户旁。窗户突然开了，她们两个人一起——女人把小女孩抱在怀里，从窗户上飞了出去，飞入了蓝色的灼热的草原的夜空中，她们飞到城市上空，然后飞在伏尔加河的上空，伏尔加河在月光下闪闪发光，像一条银粉色的大鱼。后来她们又一起飞跃了草原、森林、村庄——公鸡在棚子里鸣叫，她看到了木屋窗户上的灯光和河边湖边渔夫们点起的篝火。月亮女人带着小女孩飞遍了广阔无垠的大地，虽然小女孩的眼睛是闭着的，但她看到了所有的一切。

这时，她听到了女人在说话，这声音好像是从她体内说出来的一样，好像是她在自言自语：

“广袤的世界是美好的、美丽的。你可以在世上活上一千年。你可以相信世界上的所有神灵。你可以生活在一个时代，也可以生活在不同的时代，你无论是生活在百年的时代，还是千年的时代，无论你在哪里，你都是你！你永远都是你自己！永远都是！这广阔的世界——都是你的广阔天地。你要热爱这个广阔的天地，要用心去亲吻它。当你长大之后，你将成为这广阔天地的妻子。你不感到害怕吗？我们还要继续向前飞吗？”

“是的，是的，我们继续向前飞……”

一只小手抓住了滚烫的、强有力的、青筋暴起的女人的脖子。这两个女人——一个年长的和一个幼小的——在沉睡着的地球上空的广阔的天空中飞翔。

于是，这片广阔的天地，她未来的丈夫也在看着她。

看着自己年幼无知的还在吃奶的未婚妻，广阔的天地开心地笑了：月亮给他生了一个好妻子。多好的妻子啊——一个善良的、内心充满爱的好女人。

可她为什么在月亮的怀抱中痛哭呢？她为什么如此号啕大哭呢？这只闭着眼睛的小猫崽为什么就平静不下来呢？！唉，不要哭了，够了，够了，别哭了……

夜空像一个黑色沉重的帷幔一样向她们袭来。

于是她们——一个女人和一个孩子，开始快速地落向地面。

在她们往下降的时候，广阔天地老人向穿着粗布长裙的女人递过来一个巨大的、墨绿色的玻璃罐，她接住了玻璃罐，喝了罐子里面的东西并将它拿给小女孩嘬了一口。小女孩尝到了无比甜美的东西！但她头疼得像星星炸裂开一样，肚子像香瓜一样滚下来，头发像针一样刺穿了空气……

小女孩的妈妈动了动身体，睡衣从她的肩上滑落下来，床单被揉搓成了一团。爸爸将她抱得更紧了，在睡梦中出声地亲吻了她的双唇。

无论是妈妈还是爸爸都没有佩戴贴身的小十字架。他们还在小的时候就受了基督教的洗礼，但是他们从来没有戴过十字架。他们也没办法：教堂被关闭后又被炸毁了，大教堂用来存放土豆，农村的教堂用来养马了，教父被送进监狱了，上帝受到了嘲笑。

妈妈听到了小女婴在小床里的啜泣声。妈妈支起了胳膊肘，眼睛微微眯缝起来：不，女儿没有从床上掉下来，她在哭，看起来应该是在做梦。黑夜中的小幽灵……墙上圣像的幻影……白得像幽灵般的床单，枕套，椅子靠背，壁纸上散落分布着的漂亮花朵……漂亮的花园、乐园，盘子里未吃完的西红柿，铁锅里放凉的土豆，上了年纪的老母亲在客厅里睡得正酣，透过薄薄的墙壁能听得到她甜美的鼾声。一个发白的东西模糊不清，一个蜷缩的身子在那里飘荡着，而她的女儿坐在床上大哭着……难道她是饿了吗？……难道要黑灯瞎火地起来给孩子喂奶吗？……她的乳房因为奶水而胀大，已高高耸起，将睡衣撑了起来，她的胸部在抗争着，它已筋疲力尽……可是她要为生命抗争，她要努力活下去……

不知道为什么妈妈想画十字祈祷。

她有些不自然地在胸口画了十字，似乎窗外的月亮看得她有些尴尬。她速度很快，温柔又小心地，轻轻地，勉强能听到祈祷的声音，她在胸口画了十字。她画的十字架很是模糊不清。这是一个昏昏欲睡的祈祷。

爸爸把她搂抱得更紧了。他把腿放在她的大腿上。他醉醺醺地穿着衣服睡着了。

妈妈小心翼翼地从他的身下抽出了身子，轻轻地开始给他脱掉衣服，小心翼翼并且动作缓慢地将他的衣服放在椅子上：这是一件夹克衫，这是一条薄长裤，哎呀，都弄脏了，都必须得洗了。这件衬衫弄上了酒渍，要知道，这是一件好看的新衬衫。然后又将蝴蝶领结从他的脑后脱了下来，因为她解不开那个领结。当他身上只穿着一条内裤时，她开始欣赏着他晒黑了的强健的身体，欣赏着他的肌肉块隆起和平坦的地方：在成为艺术家之前，他曾是一名水手，他能从高台上跳水，他前不久就跳过一次，是喝醉的时候跳的，没有计算好，于是肚子朝下摔到了水里，原本可能会被摔死，但在最后一刻他灵巧地转了身，所以就侧身倒下了，后来就摔成了瘀伤——整个侧身都是淤青的……她欣赏着自己丈夫的身体，她为他的酗酒而伤心地哭泣，为他如此帅气让她爱慕而幸福地哭泣，也为无能为力改变他酗酒的痛苦而哭泣，更为担心生命可能会因此停止、时间亦可以因此停止而哭泣。未来他的命运会怎样？他们的生活会怎样？等待着他们的将是什么呢？战争？还是和谐相处？他们的女儿会成为一个什么样的人呢？今天遇见的那位老太太说，她会成为一位诗人……可千万不要这样啊……诗人都是乞丐……而且他们都是疯子……

小女孩躺在床上一直哭着，她双手紧紧地抓住木质的床边栏杆，她哭得很痛苦，哭得无法安慰。月亮从她那因哭泣而变丑的、变湿润的小圆脸蛋上吻去了她那甜甜的泪水。

没有母亲解决不了的难题

В любой непонятной ситуации
вспоминай маму

尤莉娅·卡里宁娜 著
吕翠媛 周海迪 译

尤莉娅·卡里宁娜

Юлия Калинина

尤莉娅·卡里宁娜，记者，自1994年以来，她一直在《莫斯科共青团报》从事新闻记者工作。自2010年以来，开始以家庭主妇视角发表每周新闻热点问题的专题文章。曾荣获“俄罗斯金笔”奖。

在她服用了吗啡睡着之后，我就会拥有一段闲暇时光，可以坐在那里看着窗外发呆或是看看电脑。醒着的时候她的脾气很糟糕。她总是提出各种各样的要求，她的身上几乎没有不疼的地方——不是耳朵疼，就是肚子疼，或者脊背疼。

因为我不明白她的要求，所以经常惹她生气。她说："给我拿一杯水来。""放茶叶吗？""不放，就要热水，加糖。"我倒了一杯热水，水里放了糖，用勺搅拌后，把加了糖的热水端给她。"糖在哪儿呢？""已经放水里了呀。"她两手一拍，眼睛里充满了愤怒。其实她是想要一块方糖，然后把糖浸在水里再拿出来吸吮。可是我理解错了！我没有明白她的意思啊！

我说："没事儿，那我现在把这杯倒掉。我再倒一杯不加糖的。"

但是她没有原谅我，在她的眼中，我看到了我是一个头脑不清、注意力不集中、神情恍惚，也没有将注意力放在生病的妈妈身上的人。

在她心目中，所有的好人都已经停留在了过去，而那些在她身边转来转去的都是一些粗手粗脚的、冷酷无情的人。首先是医生，她觉得他们在故意折磨她。"他们让我吃了那么多药，弄垮了我的身体。我刚来医院的时候，身体还很强壮，现在经过他们的治疗，我已经变成了一个枯槁憔悴的人。”

可她不是因为治疗才变成这样的，而是因为不能治好的疾病身体才变得越来越糟糕，但是可以试着拖延病情的发展，延长她的寿命。拖延，也是一种治疗。

其实与其说是治疗，不如说是防御。我把她的身体想象成两军交战的战场。一方面是疾病——白血病、骨髓癌，它在进攻；另一方面是医学，它在防御。但是双方力量是不对等的，医学正在渐渐地撤退，给敌人留下了一个又一个阵地。

当所有的阵地都失去之后，我们就得说："我们尽力了。"但那一刻还没有到来。还可以坚守最后的堡垒，但是堡垒会逐渐被攻克。眼看着就要失败了，这让我非常害怕。

生命正在消逝。我妈妈的生命正在消逝，我却帮不上什么忙，也没人能帮得上忙。

医生说化学治疗效果会很好，六个月一个疗程。去化疗一个星期，在家休息三个星期。这种药是最新研制的，副作用最小，她应该能够承受。

但她从一开始就忍受不了，从她接受治疗的第一周开始。最后一针是在星期五，我是星期日来的，她发了高烧。躺在白色枕头上的病态的小脸，瘦削的鼻子已经尖了。她在模糊中好不容易才认出了我，然后又迷糊过去了。

她应该去医院的，但是她不想去。她还骂我们是叛徒，她哭了起来。她因为发烧而失去了意识，头脑不清，但是我和姐姐是她最小的两个女儿，习惯于听从和尊重她的意愿，尊重她的私生活。

她的体温已达到40℃。在救护车到来之前，她想上厕所，我帮她站了起来，但她走了几步，就想坐下。我意识到我扶不住她，于是大喊起来，姐姐从厨房里冲了出来，我俩把她扶住了。她轻轻地坐到了地板上，双腿不舒服地弯曲着，背靠着我。

救护车来了，还来了两个说芬兰语的年轻医生，其中一个医生自我介绍说："我叫约翰。"妈妈坐在地板上，脸上露出高雅的微笑，说道："我叫伊琳娜。"

无论她的情况多么糟糕，她总能在人前保持沉着冷静。而在只和我们在一起的时候她表现得不是这样。她在我们面前就放松了，有时候任性，有时候生气。

后来我们和她一起想起了那天晚上发生的事情。她说当她失去意识摔倒的时候，会感觉很高兴。她立刻变得平静、温暖和轻松了。

她感觉自己飘了起来。当救护车来了之后，她明白医生们在说什么，尽管她不懂芬兰语。约翰医生说："您不要害怕，我们会帮助您的。"

他确实是那么说的，后来姐姐证实了这一点。

医生把她送到了医院，姐姐和姐夫也去了，我留在了家里，但我睡不着，一直在等妈妈的消息。

早上姐姐从医院回来了。她说妈妈的情况开始有所好转。

这只是个开始。我们甚至无法想象我们接下来要面临着什么。

那时候是开始，现在却是结束。

我和妈妈在医院住了快一个月了，我甚至在夜里都不能离开。尽管这里有优秀的护士，但是妈妈不会说她们的语言，她们不明白妈妈说什么，妈妈也不明白她们。

以前住院的时候我们不用陪护她。那时候相对来说她还能够自理，可以自己上厕所，自己喝水，并且能够借助手势和她从学校学过的几个英语单词和护士、医生交谈。但她现在已经完全做不到了。所以我和她住在一个病房里。晚上我从墙上放下来一张床，她们给了我一个枕头和一些床单。一天下来我累得筋疲力尽，躺下就能睡着了。但我无法睡踏实，因为妈妈晚上的时候总醒。她可能又发烧了，或者哪里又疼了起来。

每天早晨窗外有海鸥在叫。我闭上眼睛，想象着我们在像摩天大楼般巨大的轮船上航行。早上和煦的阳光照进了房间，妈妈穿着一件有褶边的白色上衣和一条色彩鲜艳的裙子，她在镜子前梳理着头发。现在我们去甲板上的餐厅吃早餐，然后去游泳池游泳，晒太阳，看大海。

医院真的就像一艘巨大的船。有时我能暂时离开妈妈一会儿，我会在五楼散步。医院的五楼是主要的业务楼层，那儿有大门、咨询处、咖啡厅和药房。在五楼白天总是有很多人，主要是病人。有盲人、瘸子、直不起腰的人，还有坐轮椅的、打吊瓶的、缠绷带的、打石膏的人。有极其虚弱、头发蓬乱的老人，他们蜡黄的脸色预示着他们将不久于人世，只是他们自己没有意识到而已。有悲伤的父母带着还没有适应这突如其来的悲伤的小婴儿。各个国家的病人都有——阿拉伯人、斯拉夫人和北欧人。

医护人员也都来自不同的国家。但医护人员和病人不同，他们就像鱼和海藻一样，鱼动作准确、身体强壮、胃口好，它们知道自己在做什么，往哪儿游，知道自己会面临什么。

不过有谁能清楚地知道自己要面临什么呢？妈妈的病突然发作了。姐妹俩也不知道未来会发生什么。她们可能会面临一场注定要失败的绝望的战斗。

我有着丰富的想象力。当我看够了妈妈的时候，我想象着所有的人都变老了、生病了、虚弱了。我看到他们都穿着纸尿裤，静脉里扎着针，手背上有瘀青。我看到的所有人都是那样的。即使是被父母带到医院探望亲属的漂亮小女孩也变成了那个样子。

妈妈也变成了那样的小女孩。家里有一些战前拍的照片，照片上的她看起来像是个中国小女孩，她长着丰满的脸颊，梳着黑色的刘海，并拥有一双黑色的眼睛。

她喜欢谈论自己的生活，但是只谈论自己十五六岁时候的事情，然后她好像就没有什么可回忆的了。虽然她的生活中会有一些年轻人、女性朋友、爸爸、我和姐姐、工作、旅行和狗……但没有留下任何能让她一遍又一遍地拿出来触摸、翻阅和回忆的东西。

她经常回想起她的童年，常常回忆的是疏散撤退时候的事儿。1941年他们带着外祖母一起离开莫斯科，前往乌兹别克的扬吉尤利市。那时她八岁。撤退的第一年糟糕透了。他们和其他家庭住在简易木房的一个房间里。他们又冷又饿。但是春天来了，可以种地了，他们有了一块小田地。爸爸也来了，于是他们种了一个菜园子，生活似乎就没有那么糟糕了。

夏天她围着头巾。两头绕着腰围，第三头穿过两腿之间，三头在肚脐上打一个结。所有的孩子都那么穿。围着头巾，剃着光头，光着脚。分辨不出来谁是男孩，谁是女孩。

他们爬上树，偷果子。果子还是青的时候就偷。他们根本等不到果子成熟。

乌兹别克人在院子里做羊肉手抓饭。当然不会分给别人家的孩子。他们饥肠辘辘地站在远处，闻着向日葵油的香味儿。

当妈妈一提到这事儿的时候，我就对她说："我真为你感到难过，真心疼你。"

她却很精神地回答道："不必心疼我，我们没有感到伤心。我们觉得这没什么，他们吃羊肉手抓饭，我们闻味儿。这样的事情很正常，没有什么可委屈的。"

在她的记忆中有很多让人难以理解的地方，怎么都猜不明白。我觉得这些难解的事情生根发芽，伴随着我长大了。我对这些事情了解得越多，对自己的认识就越深刻。我为什么要这么做呢？为什么妈妈眼中的我与真实的我不一样呢？她为什么不喜欢我呢？

这是让我最痛苦的问题。她爱我，但是她却不喜欢我。

喜欢和爱其实是两码事。爱是无条件的，而喜欢是有条件的。我并不是她喜欢的那类人。如果我不是她的女儿，而只是和她一起工作的女人，或者是邻居，她就不会和我亲近。只需要和我保持一般的关系，仅此而已。

我一直都有这种感觉，我想让她关心我、注意我，让她喜欢我。但我并未得到过她的喜欢。如果我和她讲我和别人有了冲突，她从来不会站在我这边。如果我讲的不是我自己的事儿，而是我认为有趣的故事，她就会批评我。

她认为这些故事是我编出来的，但实际上我不知道。是我想入非非。

她嘲笑我对正义的信仰。

她不是直截了当地嘲笑，而是挖苦我。这太让我伤心了。她把我气哭了，我很想证明我是对的，正义会像你一样胜利的，妈妈，不要嘲笑我。但是我希望的这种情况还没有发生过，从来没有。不过，也没有什么可奇怪的。

我和父母一起生活到我十八岁。在我有自己的房子之前，我一直在租房子。我们在一起的时间不多。事实上，在过去的五六年里，我开始带着妈妈去海边度假。她非常喜欢大海，每年去海边两三次，每次待一个星期。我们去过埃及、希腊和以色列。每天晚上我们在阳台上喝红酒，她给我讲她自己以前的事儿。

我从来没有说过我的事儿。也没什么好说的，反正她也不感兴趣。

我和她在肿瘤科度过的三个多星期是三十年来我们最长的一次交流。我们的关系在这段时间里一点都没有改变。不管她情况有多糟糕，她一直都还在指挥我。而我却让她失望了。

但是现在我的签证快到期了，我不得不返回莫斯科。我想离开她。我厌倦了她的病和医院，到处是呻吟声、呕吐、纸尿裤，我感觉自己没用，并为自己的无能为力感到内疚。

那是2014年的5月底，人们都在热议克里米亚并入俄罗斯的话题。妈妈一直对政治很感兴趣，对联邦的新闻很熟悉，但现在她不能听收音机，也不能在网上阅读。可她依然目光清醒地说着冷嘲热讽的话："我们的人在那里过得怎么样？是不是都被抓起来了呀？"她没有睁开眼睛，而是艰难地蠕动着舌头，从枕头里传来冷淡的声音。

我离开十天后她就去世了。

她去世的前两年我一直因悲痛而苦恼不堪。我见过一个很像她的老太太，我立刻就跑过去认识她。想要去照顾她、帮助她。后来这种感觉逐渐消失了。

我还有爸爸。如果想要照顾一个人，可以选择照顾爸爸，尽管没有必要这么做。虽然爸爸年纪大了，但他完全能够独立生活。虽然他已经九十岁了，但是他不需要别人照顾。

而妈妈八十岁就去世了。我很惊讶爸爸能活这么久。

妈妈说爸爸能活到一百岁，因为他很健康。“你也可以。”妈妈对我说。也许她只是想说句好听的话。但是我在她的话里听到了责备，我听到她说我比她更幸运。

我不断地从她的话中听到嘲笑和责备。我满脑子装的都是她的嘲笑和责备。

爸爸就不会这样。爸爸会为我骄傲。他总是从报纸上剪下来我的文章，收集起来。

我却没有收集。这是为什么呢？生活应该是向前看的，而不是朝后的。

妈妈死后，我们没碰过她的东西。她的房间还保持着她活着时候的样子：玻璃小雕像还放在餐具柜里，缝纫机被钩针钩出来的罩子罩住，填字游戏杂志还放在书架上。

我今天来打扫卫生。我把妈妈房间里的灰尘擦干净。

我真的很难过，因为我的狗得了癌症。我和狗在一起就像我和妈妈在一起的时候一样。一切都一模一样。它也任着性子来，也耍脾气。癌症把它折磨得痛苦不堪。唯一不一样的是，妈妈有吗啡，而医生没有给它开吗啡。狗必然会更痛苦。那么主人就得和狗一起承受痛苦。看到朋友受苦却没有机会帮助它，犹如万箭攒心一般。只能叫来兽医给狗安乐死。但是我还没有做好心理准备。

如果是妈妈，她会怎么做呢？

在遇到任何困难时都要想起妈妈，没有她解决不了的难题。这是一个上了年纪的女儿的生活准则。

为什么我这么依赖她呢？她已经走了五年，但是我还没有缓过来。妈妈能怎么办呢？妈妈会说什么呢？妈妈会怎么做呢？

她的书架上放着一些厚厚的充满智慧的书。有《约瑟和他的兄弟们》《福尔赛世家》《犹太战争》，等等。我的天啊，不会吧！以前我也读过一些厚厚的书，现在我只能读一些简短的故事。我是时间的产物，我有短暂的形象思维。也许这些书上的字号也很小。

我从书架上取下《约瑟和他的兄弟们》这本书，翻到了夹有一封泛黄的三角形信[1]的那一页。

1　在苏联卫国战争时期，前线战士给亲戚或朋友写的折成三角形的信。——译者注

哦，这是什么呢？

我打开这封信，开始读了起来。我感觉浑身发冷，就打了个寒战。这是妈妈写的信。邮戳日期为1944年，邮戳上印着“通过战时检查No.14580”。

那是战争的最后一年。战争从1933年开始，那时妈妈才十一岁。

这是妈妈给她的父亲写的信，也就是我的外祖父沃瓦。这封信寄到“科坎德[1]，制糖工厂，能源项目”，外祖父在那儿工作。

是啊，她给我讲过这个事。1944年外祖父和外祖母阿尼亚撤离到莫斯科，他们位于契诃夫街道的房子被占用了。战争期间有一个带着孩子的女人住了进来。

外祖母阿尼亚和我的妈妈暂时被亲戚们收留了。她们居住在我爸爸的兄弟罗斯季斯拉夫的房子里。她们把那个搬进他们房子的女人起诉了。外祖母阿尼亚已经支付了她们撤离期间的房费，她们留下了收据，所以法庭的判决应该对她们有利。但是案件一直拖到法官拿到钱之后才得以判决。这是因为苏联时期没有腐败。的确如此。

你好，亲爱的爸爸！

---

1 科坎德为原乌兹别克苏维埃社会主义共和国城市。——译者注

我昨天给你写了一封信。今天我又写了一封。

罗夏明天要来，我们却无处可去。外祖母阿尼亚病了，我们用车把她送到柳芭姨妈那儿，需要支付五十卢布。阿尼亚病得不能下床了，我得在她喝水或吃饭的时候扶着她。执行人把驱逐时间推迟了两天，又推迟到三天。我怀疑她根本不会驱赶房子里的住户。你快点回来吧！你回来就能把这个事情办好的！只要给她送点儿东西，事情就可以解决了。我已经旷了好几天的课了！我今天又没去。我应该去叫医生，去集市，去药店，再去买点儿面包。我要给外祖母端水端饭，还要给她拿来拿去一些东西，一天的时间就这样过去了。等你回来了，我就会轻松很多。你知道吗，爸爸，我现在忙得晕头转向的。阿尼亚体温达到了39.9℃，昨天晚上就是这样。活着简直太难了！还得什么都想，去哪儿弄钱呢？还能再卖点儿什么东西呢？阿尼亚需要一些黄油、糖和蜂蜜。她脾气非常不好，但有时候还好。那就先写到这儿吧。但愿一切都会好起来的。深深地吻你。你的女儿。

如果你再不回来，我就要崩溃了。一个人生活太困难了。快点回来吧！

在这封信里我几乎没有发现任何错别字。妈妈的字迹清晰可辨。我绝不相信这封信是一个十一岁的孩子写的，但是邮戳上有清晰的日期。

可怜的小女孩。我可怜的妈妈。她是如何承受一个连成年人都无法承受的负担的？她十一岁的时候，就在绞尽脑汁想着能卖些什么东西给外祖母买黄油、糖和蜂蜜。

我眼泛泪花。她怎么这么倒霉呢？干什么事情都不走运。可能那时候的人都是那样的吧。她的生命之初就经历了那么艰难的童年。她的生命后期又经历了那么可怕的死亡。

而我十一岁的时候又在做什么呢？

我什么都没有做。每天都在想入非非，上学、读书、画画和做梦。生活在温室里的孩子相信一切都是公平的，自己也坚持正义。

我明白了我妈妈为什么不喜欢我这个人。如果我是她，我也不会喜欢我这样的人的。

但是我不是站在她的位置上，而是站在我自己的位置上考虑问题。

我开始为自己感到难过。我为什么要因为妈妈的生活比我更艰难而受折磨呢？我不应该这样做，我以后也不会这样做。

我把信放进口袋里，保存好。我有一个装着旧照片的皮夹，我把信放进了皮夹里。

然后我开始想象我要死了，有人过来整理我的房间，好像是我的孙子或者曾孙，也有可能是孙子或曾孙的妻子。

他们翻遍了我所有的东西，找到了一个皮夹。他们翻看着照片，谁也认不出来照片里的人是谁。以前的人，现在谁也认不出来他们是谁，他们是谁的亲戚。然后他们看见了我妈妈的信，读完之后他们会以为这是我写的信。

他们不在乎哪个时代发生了什么，谁多大了。他们出生前的一切都是旧世界的历史。我孙子的妻子对我的曾孙女说："你的太祖母活的时间很长，她经历过战争，见过列宁。"

我会在天上哈哈大笑地看着他们。我会和妈妈一起哈哈大笑。

妈妈现在可能正在天上哈哈笑呢！她看着我翻过去的东西，寻找我和她之间关系的全部内情，寻找理由和解释。我甚至知道她会因此对我说什么。她会说："你像往常一样想入非非。一切都过去了，别再刨根问底了。生活应该是向前看，而不要回头看。"

而我会对她说："你说得对，但为什么你仍然不喜欢我这个人呢？"

妈妈说："你瞎编什么啊，你自己编的东西，你自己就信。"

爸爸从厨房里呼唤我说："去喝茶吧，用不用把汤给你热一热呀？"

我不想喝汤。我们一边喝茶，一边吃我带来的面包卷，谈论着我们家里的猫——穆夏。

去年八月穆夏跟着爸爸跑，一步也不肯离开。一只一个月大的小猫蹒跚地跟着爸爸来到了车站外的避暑别墅，钻进了栅栏里，进了我们的房子。没办法，只能留下它了。

爸爸惊讶地说："它很自信地跟着我，好像很久以前就认识我了。"这让我想起了灵魂的转移。

我同意把它留下来了。谁知道这只猫以前是谁呢。

到了春天，穆夏长大了，开始"教育"爸爸，爸爸就不管它了，把它扔给了我。但现在他却一直在问猫怎么样了。

爸爸在内心深处认为穆夏有可能就是妈妈。

从穆夏根本不把我当成一回事的情况来看，它就是妈妈。

严厉的妈妈

Строгая мама

亚历山德拉·波利扬斯卡娅 著

吕翠媛 周海迪 译

亚历山德拉·波利扬斯卡娅

Александра Полянская

亚历山德拉·波利扬斯卡娅，俄罗斯律师、诗人，俄罗斯作家协会会员，1957年11月20日出生于乌克兰赫梅利尼茨基州的舍佩蒂夫卡。在波兰长大，会波兰语，从事翻译工作。自1974年起居住在基斯洛沃茨克。毕业于库班国立大学法学院，大学毕业后从事法律工作。发表过的作品有《枫树时代》(1999)、《叫我萨申蒂》(2002)、《雪人》(2009)等。

我的妈妈是一个严厉的女人。她担任车队人事部门的副部长，那些滑头的司机说："只要柳德米拉·潘捷列耶夫娜递一个眼神儿，城边就得着起火来！"尽管她从来没有在任何地方、任何时候提高过自己说话的嗓门，但是无论她说什么，周围的人都会立刻照着她说的去做。我姐姐和我都非常害怕她，我甚至不知道这是为什么。原本常常散落在公寓各处的玩具、书籍等物品，在她扬起眉毛朝房间看的时候，竟然就会飞速地"各就各位"了。她会因为我们犯错而让我们坐到屋子中间的椅子上。我这辈子只记得她打过我两次：一次是上二年级的时候，我从高处摔了下来，摔断了胳膊，起不来了，因为秋千包铁的座板还在继续摆动，它撞击着我已经糊涂的小脑袋瓜。直到现在，当我已经成了两个孩子的妈妈，甚至已经当上奶奶的时候，我才明白，当妈妈跟着叫她来的小男孩跑过来，看到在那致命的"钟摆"下的我时，她该有多么害怕呀！她当时吓坏了，也气急了，就用她手里的一卷报纸打了我的屁股。

凑巧，她第二次打我的时候，用的工具也是卷起来的报纸（当然，不是同一卷报纸）。那是读六年级的时候，我费了很大一番工夫才向父母索要了一辆自行车——一辆令人垂涎的交通工具，自行车上的镀铬零件闪闪发亮，放学后，我发现它就在走廊里停着呢！我快速吃了点儿东西，就给我的父母留下了一张纸条，说我出去骑车了（炫耀的口气）。我骑上自行车来到了大街上。自行车又大又重（附带说一句，自行车很贵，正如我妈妈后来带着稍显勉强的笑容告诉我，买这辆自行车花去了她一个半月的工资）。我当时沿着奥德河的大坝（我没说过吗？事情发生在波兰）骑着车子，不是每次下雨后在大坝湿滑的斜坡上都能控制好这么重的自行车。总之，我累坏了，浑身也湿透了，于是决定走捷径回去，但是我迷路了，竟骑上了老柏林的高速公路。路上我拐了弯，结果就走上了反方向——去了柏林的方向。那时候，人们已经赶来寻找我了，他们还向波兰警察局报了警。晚上九点多钟，我自己回到了家。我看到妈妈失魂落魄地在房前徘徊，她痛苦地抓着报纸——当我骑着一辆变了形的自行车出现时，报纸刚被邮寄过来。我的心揪紧了，我因为心疼妈妈而大哭起来，但同时，我也第二次挨了打，可怜的妈妈用报纸卷又打了我。我不觉得疼也不觉得委屈，因为我犯了大错。那天晚上，我第一次可怜起我严厉而坚强的妈妈。

她的严厉，不是在骂我们的时候表现出来的——我完全不记得她骂过人，甚至都没有提高过她的嗓门……但是她的眼神！……我外祖父早早就离开了家，没有人宠爱过我的妈妈，主要是妈妈的哥哥们按照严格的高加索人的规矩教育她，她从未体验过任何的快乐和幸福。在我们家，过分的亲热和温存也不受欢迎。现在我的女儿也已经成年了，她也认为她的童年缺乏这些快乐和幸福，起初我很惊讶，但后来想想并意识到我也没有带给自己的孩子和我自己快乐和幸福，没有表现出温柔与母爱！毕竟，我们周围也没有给我们带来快乐和幸福感受的人……

直到现在，我也不明白，我的父母为什么要买这么贵的自行车。

我们终究会结束这个话题，但不是今天

Мы когда-нибудь перестанем об этом говорить, но не сегодня

阿林娜·奥布赫 著

吕翠媛 李婉莹 译

阿林娜·奥布赫

Арина Обух

阿林娜·奥布赫，生于1995年，俄罗斯作家、艺术家。出生于圣彼得堡，曾在国立埃尔米塔什博物馆画室、第190美术学校学习，2017年毕业于圣彼得堡国立工业艺术大学。23岁成为圣彼得堡作家协会会员，24岁成为俄罗斯艺术家联盟成员，曾获圣彼得堡政府艺术创造奖等，其作品获得众多作家与专业评论家的高度评价。主要作品有《新酒发布会》等。

I

一个住在彼得格勒岛的法国女人在瑟特内市场[1]购买了一个卷心菜花束

“但这已不是一个标题，而是整个章节，不能再写别的了。”

“是的，这些花束本应该是我的，却被她买走了！”

我以前从未见过这样的花束：用一些可做装饰的淡紫色甘蓝菜叶、菠萝菊、蜡菊和新鲜的卷心菜叶扎成的，色彩缤纷！这种美看起来很荒诞。我不知道为什么我没有立马买上它，而是先去买了面包。当我回来的时候，装花束的篮子已经空了。

“那些花呢？刚才在这里的那些花束呢？”

“被一位女士都买走了。”女售货员心满意足地说。

“什么？全都买走了？”

“是的，都买走了！”她恭敬地补充道，“她是个法国人，每次来都把我的花束全部买走。听说，他们法国没有这

1　圣彼得堡的老市场，始建于1711年。——译者注

样的花束。”

啊哈，当然，仅在您的“红色霞光”花园中才会有这样的花束。

一周后，又发生了这样的事。

“那些卷心菜花束……”

“刚刚被一位法国女士买走了，她说……”

“您上次就是这么说的。”

实际上，我们去这个市场完全是因为要买“阿飞”[1]。

“在世界上只有一个地方出售真正的‘城市’牌面包，那就是瑟特内市场。每次你都这么说。”

人们将这种面包称为“阿飞”，因为它看起来像苏联时期非常时髦的金发碧眼的男子。

“请给我来五个‘阿飞’。”

我们一个星期正好需要五个面包。前提条件是从冰箱里拿出来加热的时候，有一个面包肯定会被烤煳。

“真是个废物面包师。”我总是发牢骚，“是炉子的原因，不是你的问题，不要再纠结了。”

我是很善于持家的，这样的损失总是让我感到不高兴。

今天是星期六，也就是说，我们要去瑟特内市场。

“今天所有的‘阿飞’都被抢购一空，但我给您留了

1　指被称作“阿飞”的“城市”牌面包。——译者注

五个。”

“谢谢！您怎么能记得所有人呢？买东西的人这么多！”

“我记不住所有人，只记住了您。您是个例外。”

你永远不知道好运会在何时何地突然降临到你身上。

“听着，女士。”“您把这些‘阿飞’装到包里吧。”“您知道这里曾经设立过断头台吗？处决了那个建造圣彼得堡的人。”

“该死。这位圣人叫什么名字？”

“叶罗普金[1]。”

“叶罗普金？只知道他的姓吗？”

彼得·米哈伊洛维奇·叶罗普金，他打算除涅瓦大街之外再为我们建三条大道，还有一座教堂。城市一般是这样规划的：有市场、摊位、教堂和断头台，以及这些城市生活所必需的一切设施。

“太可怕了。现在我们去买‘阿飞’。这叫什么事儿啊？”

“这就叫生活。快一点儿，不然又要迟到了。”

我们飞快地往售花亭跑去。

“有没有那种带有紫色叶子的漂亮花束？”

“哎呀，您又迟到了。”

“怎么又卖光了呢？我们今天可是特意早来的呀！”

---

1 彼得·米哈伊洛维奇·叶罗普金（约1698—1740），俄国建筑师、建筑理论家。——译者注

“一位女士刚刚买走了……”

“是的，是的，有一位法国女士……我们已经听说过了，法国没有这种花束，真是匪夷所思。”

“您看她，正朝出口走呢，看见了吗？”

我们看见一个朦朦胧胧的身影抱着五束花（或者，完全相反，是五束花抱着那个身影）……

“她是谁呀？在这儿，在圣彼得堡，在瑟特内市场每次买这么多花干什么呀？”

“我的卷心菜花束都被她买走了。听着，难道是妮科尔[1]吗？……她也是法国女人。”

“不……不可能。”

“我知道不是，但可以想象她是啊。”

II

彼得格勒岛上没有四季之分

我们从画家特劳戈特[2]的房子旁边走过。这是一位享有盛誉的画家，他头上的白发蓬松着，戴着一副圆圆的眼镜，裹着彩色的长围巾，穿着红色针织背心和苏格兰风情的格子长裤……这个男人一生都生活在童话里，而他自己也成

---

1 法国女人名。——译者注

2 亚历山大·特劳戈特（1931—），俄罗斯著名画家。——译者注

了童话。

这位神话般的画家就住在有着巨大拱形窗户的楼房的最顶层。窗户是开着的，没有玻璃。

我们恭敬地望着这些窗户，仔细观看这些插满鲜花又新奇别致的花瓶。

“你看见了吗？我觉得那就是我们想买的卷心菜花束！”

“肯定是你的幻觉吧，但是……”

“你看，在彼得格勒岛上你总是弄不明白是什么季节，因为这里没有树，只有石头。你写一个关于这里没有四季之分的故事吧。”

“下雪的时候，你就能明白这里是什么季节了。”

“是的，但除了冬天这里没有其他的季节啊，所以你就实事求是地写。”

“我不能按照你的风格写。”

“为什么？你知道吗，有一次娜塔莎打电话和我说：‘我写了和你风格一样的小说。’我说：‘怎么会呢？’她回答说：‘就是这样。写倒是我写的，但写出来的东西却是你的，完全是你的腔调。’我很高兴，现在我就可以少写一部小说了。”

“你的意思是？”

“我的意思是，如果娜塔莎都能写出我那种风格的文字，你为什么不能写呢？”

“你自己写吧。”

“但你是知道的，我现在没有时间。”

“那你一般为了什么而写作呢？”

“为了幸福。我现在不写，是因为现在我生活得不幸福。”

“你知道吗，我有时感觉自己想过一过不幸福的日子。”

实际上，你一直在写作。你把字刻出来，掉到了大街上，留在了饺子馆里，失落在了风中。我不得不跑过去将它们收集起来。我已经厌倦了，我说：

“我给您提一个切实可行的建议：你用我的风格写小说，我用你的。”

“那么我要写一个关于妮科尔的故事。我无时无刻不在想着她。在我的小说中，我会在老加里宁桥旁边的咖啡馆里思考关于她的事儿。这是一家很小的格鲁吉亚风情咖啡馆，从来没有什么客人。”

“这家咖啡馆是专门为你开的吗？”

“好像是。你往窗外看，窗外也没有什么人。只有丰坦卡河[1]，有时还有三路有轨电车经过。车厢里也没什么人。”

“好吧，不会总这样吧！那么人都去哪里了呢？”

“这是最后一站。人们都已经下车走了。他们在家喝茶呢，所以车厢里是空的。那么我就要坐在那里思考妮科尔了。我还有一个好主意，你也写一个关于妮科尔的小说吧，但要

---

1 流经圣彼得堡市中心的一条小河，是涅瓦河的分支。——译者注

用不同的风格。”

“那我想知道，你说的是什么风格呢？”

“当然是你自己的风格。”

“那就是痛苦的风格了。”

“你写吧！”

“我写。只是你要知道，这一切对你来说可太美好了：坐在咖啡馆里看着窗外的丰坦卡河……那你就不想坐在饺子馆里吗？”

“你不过是羡慕我坐在咖啡馆里罢了。好吧，那我就坐在饺子馆里写。”

III

老加里宁桥

老加里宁桥旁边的咖啡馆里真的一个人也没有。只有我们坐在这里，窗外有一辆没有乘客的有轨电车，外面下着十一月的第一场雪。

“嗯，一切都如你所愿。现在想吧。”

“我在想，我觉得妮科尔在这座城市里会很孤独，就像这辆环线上的有轨电车一样。”

我认为妮科尔在任何地方都会很孤独。

她出生在一个讲法语的比利时小镇——列日。那里有一条著名的天梯。

我不知道她在哪一个台阶上遇到了波洛夫采夫[1]，但是后来他们一起来到了彼得堡。

在遇到波洛夫采夫之前，她曾经爱过奥涅金，还爱过毕巧林，对俄罗斯文学的“彼得堡时期”[2]也感兴趣。也就是说，这些她都喜欢。

“妮科尔遇到了波洛夫采夫，可能就认为他是毕巧林。”

“她为什么会这样认为？”

“毕巧林是彼得堡人。而波洛夫采夫英俊、聪明，就像她心中所期待的那样，宽宏大量。”

“你说什么，毕巧林是宽宏大量的吗？！”

我不知道这位列日中学的俄语老师从什么时候起，也不知道她因为什么爱上了俄罗斯的一切。我对她一点都不了解。她就这样来到了这个从小为之着迷的彼得堡。

……是的，这就是以涅瓦河为背景的画面：有一个身材高大、体态匀称、阴郁迷人，就像彼得堡一样有魅力的男人，身旁站着一位来自比利时村庄的女孩，她正陷入热恋当中，用动人的比利时口音讲着俄语……

这可能是一个多么美好的故事啊……

---

1 俄罗斯男演员。——译者注

2 彼得堡时期（1817—1820）指普希金在皇村中学毕业之后进入了彼得堡的上层社会，在此期间他积极接触上流社会，了解了上流社会的方方面面。——译者注

“可生活就是让人捉摸不定。这可以创作出一部风格独特的小说。”

我们陷入了沉默，各自思考着妮科尔的故事。每个人都有自己的思绪。

“不，这愚蠢的音乐打扰了我的思绪，我可以要求他们把音乐关掉吗？”

“那你试试吧。”

你把服务员小姐叫了过来，让她把音乐声放小点儿。

服务员小姐点点头，但音乐声仍然干扰着我们思考妮科尔的思绪。

“声音可以再放小一点儿吗？”

服务员小姐再次礼貌地点点头，但大厅里音乐的音量没有任何变化。无线电波撞击着墙壁，服务员给我们上了自制的干酪馅饼和两杯红酒。我们饥肠辘辘，气愤地问道：

“请问，您为什么不能把音乐声调小点儿呢？”

“因为如果声音小了，厨师们就听不见。他们想把音乐放得再大声点儿。”

一想到那些喜欢在工作时间听音乐的心地忠厚的厨师，我就开心起来了，我的胃口也好起来了。我们吃了干酪馅饼，喝了酒，之后我们在内心深处有了一块露天舞场，在那里一位开朗的厨师在跳舞，他左右移动着，晃动着他的肩膀。他穿着白色的围裙，让人感觉很轻盈。音乐不再干扰我们的思绪了，它为我们的厨师设定了节奏。

妮科尔悄悄地离开了我们的脑海。

她穿过空旷的街道，上了一辆空荡荡的三路有轨电车。

IV

猪笼草

“妮科尔对于波洛夫采夫来说就像朵拉·玛尔[1]之于毕加索。你还记得一百五十幅《哭泣的女子》肖像画吗？”

当妮科尔哭泣的时候，他的心里非常平静。妮科尔注意到了这一点，因此她一直哭。他听着妮科尔的眼泪滴滴落下，就像猪笼草恰逢雨季一样。这种掠食性的植物张开叶子，形成一口井，雨滴和绿色螽斯[2]的眼泪滚落其中。一旦水分饱和，猪笼草就会盛开。

波洛夫采夫一直在说，而妮科尔一直听着，她贪婪地把那些听到的俄语单词记到脑子里面。她习惯听他说俄语，习惯用他的感觉生活，按照他的想法思考……

后来她已经掌握了很多俄语单词，可以使用这些词语了。她可以自由灵活地遣词造句，因为在俄语中，句法是自

1 毕加索的红颜知己，曾与毕加索有过长达多年的恋情，后因两人理念不同，最终分道扬镳。毕加索曾以她为原型，创作了《哭泣的女人》等绘画作品。——译者注

2 中国北方称其为蝈蝈。——译者注

由的。但是意思变了……突然一个不一样的她出现在波洛夫采夫面前，而且是一个完全自由的、不一样的妮科尔。

有一天，自由的妮科尔离开了。然后她又回来了，后来又离开了。有一天，他没有给她开门。

教堂里的神父告诉妮科尔："你不要敲关闭着的黑色的门，它会自己打开的。"

但妮科尔没听。然后黑色的门自己开了。

"你明白的，波洛夫采夫讨厌她所喜欢的一切——她最喜欢的电影，她最喜欢的书，她的朋友、熟人……他绝对讨厌所有干扰他绝对权力的东西，这一切都藏在他黑暗的门后。"

"我不认为妮科尔那么温顺，她只不过不去理睬那些无须辩驳的事情，因为……"

"因为列日镇天梯顶端的生活和她想象的完全不同。"

当有一天，妮科尔试图再次打开那扇门，回到她自己生活中的时候，那扇门被锁上了。妮科尔要出去，但他说门外什么都没有。

"你自己看，"他说，"外面什么都没有。"

而妮科尔一下子就冲出了这扇门。

"你是在说你自己还是在说妮科尔？"

"说妮科尔。"

"更准确地说，妮科尔就是我的内心状态。"

V

长笛和树

“昨天是个晴天，今天却下雪了。”

我切了几片“阿飞”，在面包上放了薄薄的硬奶酪条，然后把它放到烤箱里烤。我喜欢吃早餐。

“还有午餐和晚餐。”

我们一边吃早餐，一边看着窗外。我知道，你现在肯定要提到那棵树。

“我已经砍掉了那棵我最爱的树。”

“那棵树有可能倒下砸到某个人的头上，你拯救了人类。”

“我为什么要拯救人类？这愚蠢的人类！……如果它没有倒下呢？要知道，我每天早上醒来都能看到那棵树……那是我早上最美好的时刻。我有没有告诉过你，在这个世界上我最喜欢清晨？”

“你和我说过。”

“那我现在就再和你说一遍，我爱清晨，你知道为什么吗？”

“知道。”

“因为，我觉得我的好日子还没开始呢！当然这想法不对。”

我们的视网膜上仍然留有那棵死树的图像。它俯身弯向街道，挂在电线上，与相邻的一棵树相连，形成一个拱形。因为那棵树，我们几乎看不到隔壁的房子。正是因为看不到那棵树，你可以想象一些别的东西。例如，那里根本没有房子，只有一座天梯，又高又长，直插云霄。在天梯上，天使们下班沿着天梯降落尘间，闲来无事的人们爬上去，在云朵上面打量着未来的生活，拍着照片。

在街上出现了第一个人。是一位女士。她不紧不慢地走着，走到了街中央。

“我想这是我来了。”

“或是妮科尔。”

“那好吧，就当是妮科尔。”

“我们终究会结束这个话题，但不是今天。”

“这是一个好标题，记下来。”

紧接着，就像是更高的赞美，开始响起不那么熟悉的旋律……

“这是什么？你听到了吗？”

“听到了……”

“这是我们的茶壶‘笛子’？”

“这是茶壶‘笛子’的幽灵。”

茶壶“笛子”离开我们好久了。

“是的，离开了，就像连斯基[1]一样不幸地牺牲了。”

“嗯，你说的是什么意思？”

“就是说，你杀死了茶壶，而我杀死了一棵树，奥涅金杀死了连斯基。”

好吧。也就是说，这是一个普通的茶壶。它没有笛子，但与此同时，它以某种神奇的方式哼着美妙的旋律，所以我们称它为“笛子”。

但是我们的水壶有一个缺点，就是它的塑料手柄，手柄因为炉火而融化了。那一天很糟糕，我们将水壶退还给了商店，然后买了一个带铁制手柄的新水壶。水煮沸时也没有声音。

“我想念那个茶壶的‘笛子’声。水烧一会儿就开了。但最好还是换一个手柄……”

“你知道的，我认为如果从一个人的身上夺去一种品质，一种使我们更加爱他的品质，那么这个人就可以完全消失了。因为一个人的天性不会重复，他已经有了这样的天性，就不需要另外一种了。”

“你是在说茶壶吗？”

“我是在说所有的一切。”

“然后，如果我收拾完了房间，那么我也会消失的。”

---

1 普希金长篇诗体小说《叶甫盖尼·奥涅金》里的人物，连斯基因女人与好友奥涅金决斗，在决斗中被奥涅金杀死。——译者注

你在笑。

“好吧，不要消失。但你至少要把这些文件从地板上捡起来，不要乱放。”

“它们没有被乱放，就是放在地板上。我决定收拾桌子上的东西。顺便说一下，这些是我们在乌杰利纳亚买的信，水手给他的瓦柳莎写的，他想在1960年新年之前回到列宁格勒。发件人地址：大海。”

VI
发件人地址：冬天

“……我非常想念你，我亲爱的瓦莉亚[1]，我想尽快投入你的怀抱，深深地吻你，紧紧地拥抱你。如果在新年之前回到你的身边就好了，但到目前为止，只能想想了。”“我感到比较满意，但是还可以更好，你不在，所以只能是一般啦……向所有朋友致以诚挚的问候，并致以新年的祝愿，万事如意。帮我捏一捏库贾的耳朵，别让他淘气。吻你，再见。”

“我们为什么要买别人的信？多难为情啊……”

“信装在盒子里，埋到了雪下，没有人经管……这封信在房子里我会更安心一些。此外，发件人的地址‘大海’很

1 瓦柳莎的小名。——译者注

好听，就像发件人的地址‘冬天’一样。”

冬天——这是我们今天的地址。一到冬天，我们就会出现一些主观幻想，这使我们很痛苦。

“听说，所有使我们烦恼的事情都应该写在一张纸上，把它烧掉，然后这些烦恼就会从记忆中消失。”

“那什么会留下呢？烧焦的田野？这封信也要烧掉吗？”

“不用……暂时把它放在桌子上……压在玻璃板下面。”

我把这封信放在祖母的旧牌桌上，用玻璃盖住，下面放着我儿时的画、明信片、照片……其中一张照片上的我就要飞上天了。

“你还记得你是怎么把我放在秋千上的吗？秋千叫‘弗拉门科’，据说这是绝对安全的，但我都要被抛上天了。你跟着我跑，试图用你的双手阻止这个‘风车’停下来。我们都处在死亡的边缘。”

“你母亲可真愚蠢呀。你还记得当时的你几岁吗？”

“不记得了。”

“当我想在脑海中回忆起什么事情的时候，我总是试图想起当时你几岁。如果当时你五岁，也就是说，那时我剪了一个短发，穿了一件蓝色的薄纱连衣裙，心境也是轻松的。如果是你七岁那年，那么我的发型就完全不同了……我的眼中只有你。”

“不对，那时你穿着鹦鹉图案的印度裤子，那可是我的最爱。然后我在流浪汉身上看到了这条裤子，从脏水池里露出来一个带着鹦鹉图案的大屁股。你没经过我的允许就把那条裤子扔了！我太伤心了！”

“那就让它成为你最大的痛苦吧！但是刚刚在谈到妮科尔钻进敞开的门时，你就停了下来……接下来发生了什么？”

“接下来她就上了天梯，回到了列日镇，在学校里教俄语。波洛夫采夫的儿子已经八岁了。他不会说俄语。”

“这好像电影的结尾。该出字幕了。”

好吧，我们到老加里宁桥上去，我们所有亲爱的幽灵都将聚集在那里：妮科尔、茶壶“笛子”、那棵树、“亲爱的瓦莉亚”和丢失的“鹦鹉”裤子……

我们一直在谈论着这个话题。

“我们终究会结束这个话题……”

“但不是今天。”

坚强的女人莉达

Хорошая девочка Лида

娜塔莎·欧文 著
吕翠媛 李婉莹 译

娜塔莎·欧文

Наташа Оуэн

娜塔莎·欧文，生于1952年，职业翻译家、作家、社会活动家。出生于哈萨克（现哈萨克斯坦），毕业于明斯克外国语学院（现明斯克国立语言大学）。曾居塔什干，时任乌兹别克科学院院长翻译。1989年后居美国，1998年任俄罗斯联邦驻夏威夷州名誉领事，2010年创立俄罗斯儿童慈善基金会，2012年后居美国萨克拉门托市，任俄罗斯联邦驻美国萨克拉门托市名誉领事。

战争爆发的那一年，莉达·科罗尔科娃和母亲及妹妹正住在苏联的一个小村庄里。那时她刚从当地的高中毕业，在农场里当挤奶女工。

当时莉达对于未来还没有明确的打算。她本来想去莫斯科当一名演员，她的歌唱得很好，舞跳得更好，无论去哪儿都会成为团队的核心人物，她甚至天生拥有一副当演员的外表——莉达个头虽然不高，但身材很匀称，长着一双浅蓝色的眼睛和一头金色的卷发。

战争爆发后的第一年夏天，村庄里的人们还像以前那样过日子。七月，人们摘蓝莓浆果，做果酱馅饼，晒冬天吃的水果干儿，去割牧草，收土豆，准备过冬用的蔬菜，然后第一场寒冷刺骨的霜冻就来了。

干活的壮年劳动力人手远远不够，而播音喇叭里传来的列维坦[1]的新闻播报却使人感到心里发毛。

到了十月底，飘来一场小雪，很快就融化了，但是屋子里却越来越冷，河边的金银花灌木丛也已经蒙上了一层白霜。

莉达自己已经做好了决定，准备去前线参加战斗。她把

1 尤利·鲍里索维奇·列维坦（1914—1983），苏联部长会议国家委员会全苏广播电台播音员，苏联人民艺术家。——译者注

自己最喜欢的两件连衣裙装进了一个小箱子里，这个小箱子是祖母留给她的。一件是带白色大圆点的红裙子，另一件是用淡蓝色的中国绉绸做的，是巧手的女邻居用母亲的裙子帮她改制成的。莉达还在箱子里放了一本奥斯特洛夫斯基的书、一对绣着矢车菊的小手绢、一双帆布鞋、一条羊毛披肩和几双羊毛袜子。

母亲没太劝阻她，给她烙了在路上吃的卷心菜馅饼，然后用粗布包了一块腌制肥肉，又往背包里放了一个旧的小圣像。

莉达在莫斯科并没有熟人。在火车站她去了军事指挥官的办公室，请求加入通信班。起初，这个十九岁的乡村女孩让指挥官们发出了怀疑的笑声，但是后来她那坚定的眼神让指挥官们对她改变了看法。在火车站过了一夜之后，第二天早晨，莉达就被编进了通信兵速成班。

春天的课程结束了。崭新的军装发到了通讯班学员们的手上，指挥部对她们进行了最后一次指示，然后把她们分派到开往前线的车厢里。

莉达认为，这场战争不是一场需要展现神勇气概的英雄壮举，而是每个人都必须要去做的事情，是为了能够重新过上那种有手风琴家演奏、能身着盛装、可以举办秋日的快乐婚礼和有甜蜜爱情的幸福生活。

有时候她也会感到恐惧，害怕自己还没等到迎来那种美好生活的时候就要死去，身边有那么多强壮帅气、健康有本领的小伙子已经牺牲在这场残酷的战争中了，像花一般的年纪，还没做好迎来一切的准备就已经失去了生命。

而正是在这场可怕的战争中，弥漫着死亡的气息，随处可见战士们的英勇行为，伏击、枪声无处不在，正是在住满年轻伤员的战地医院里，莉达遇到了自己生命中最重要的一段爱情。她不敢承认自己对这个高大挺拔、拥有黑色眼睛的亚美尼亚小伙子的担心已经远远超出了对自己的担心。

这个小伙子叫阿尔缅·察图良，他不仅是一位无畏的指挥官和勇敢的侦察员，还是一个乐观开朗的人，会说俏皮话，就连在短暂休息的时候，他也能拿出自己的吉他，用充满魅力的男中音唱起歌来。

在苏军占领马格德堡[1]之后，两个人在战争快要结束的时候结婚了。他们回到莫斯科后，马上办理了结婚手续，乘夜车前往埃里温[2]。整个亚美尼亚大村庄里的人们都来参加他们的婚礼。大家唱歌跳舞，在战争中活下来的人们彼此拥抱，一起畅想着未来漫长而幸福的美好生活。

莉达来到丈夫的故乡时已经怀孕了。阿尔缅去一所乡村学校当上了老师，而莉达在生完第一个男孩后，过了两年又

1 德国城市，位于易北河畔。——译者注

2 亚美尼亚共和国的首都和经济文化中心，外高加索古城之一。——译者注

生了一个女儿。他们的第一个孩子取名叫卡连，是为了纪念孩子的祖父，他长得活泼、健康又聪明。卡连很早就会走路了，两岁的时候已经会说话了，还立志要成为察图良家族的骄傲。女儿取名为卓娅，她长着和父亲一样黑色的眼睛，性格却像母亲一样喜欢哈哈大笑。她在学校的合唱团里唱歌，穿着母亲的裙子在家里表演。但是她学习成绩不太好，父亲经常因为她得两分[1]而责备她，可这个小女孩的成绩总是超不过三分。

他们的第三个儿子弗拉基米尔要出生时，不幸的事情发生了。吃午饭前，八年级的学生尼娜从学校跑到莉达家里来，她一进院子就摔倒在房门前的台阶上，开始号啕大哭起来。原来高年级的数学老师阿尔缅·察图良正要把学生的笔记本装到公文包里的时候，忽然停止了呼吸，头朝下摔倒在了讲桌上。

莉达在埋葬了自己的丈夫之后，过了一个月生下了早产的儿子。她还没有学会说亚美尼亚语，也没有学会给家人们烤香喷喷的玉米饼，更不会辨别菜园子里长的那些烹调用的香料。

村里的好心人帮莉达做好了回娘家的准备，给了她一些路费，她回到了自己的故乡，可是故乡里一个亲人也没有了。

---

1 苏联学校评定学生的成绩采取五级记分制，五分为优秀，四分为良好，三分为及格，三分以下就是不及格。——译者注

母亲原来住的房子被钉得严严实实，院子里空荡荡的，非常瘆人。认出她来的邻居们帮她把钉窗户的木板拆了下来，又给了她一些柴火，还有一些土豆和腌制品。正因为莉达曾经是立过战功的前线战士，经历了整场战争，得到了很多奖章，所以她才得到了政府的救助，这使她摆脱了困境。

孩子们得到了区中心的帮助，莉达也很快在幼儿园里找到了当保姆的工作。孩子们上学了。回到故乡后的第一个艰难的冬天挺过去了。春天，莉达在窗台上育苗，用集体农庄的马犁地开垦菜园，种些土豆、胡萝卜、萝卜和其他好成活的蔬菜。有一个年轻的独腿钳工是战争的幸存者，他帮助莉达建了一个温室。还算年轻的莉达·察图良的日子也渐渐好了起来。察图良这个姓是她回到故乡后给自己取的。

时光在她照顾孩子、偶尔参加乡村酒宴、每年的播种与收割、时而参加的家长会和新年的早场戏中飞逝而过。莉达没有再婚，她依然像往常一样笑声不断，自由快乐地生活着，她什么活儿都喜欢干，很勤快。

在她五十多岁的时候，有一次她从广播里听到了白俄罗斯一座新城市的名字。那里建起了一家欧洲最大的钾肥联合工厂。城市建设得非常快，所有人都有工作，先给那些前线战士分了新的住宅。总之，那里的生活充满新鲜感，而且非常令人神往。

当时孩子们都已成年。卡连在列宁格勒的航海学校毕业了，与费拉结了婚，他们的小女儿连诺奇卡也已经长大了。卡连娶了一个比自己年纪大的女人。费拉不仅独立，还是一个非常严肃认真的人。就像莉达说的，费拉曾在某个科学研究所工作过，是一个文化素质很高的人。卡连去航海了，先是在一艘轮船上工作，后来转移到一艘潜水艇上。有一天他从海上回来之后，决定不再和这个严肃认真的妻子在一起生活了。莉达很伤心，但不敢给儿子提意见。她继续与儿子的前妻保持来往，一两个星期去看望她们一次，每次回来都会因为儿子没有和这么好的女人在一起而感到悲伤。

与此同时，卡连娶了妮娜，她是一个年轻的、有一双蓝眼睛的女人。卡连和妻子带着小儿子来到母亲家做客，莉达已经来到索利戈尔斯克[1]生产钾肥的那个城市里生活。小孙子还不满两岁，还不太会说话，但是这个孩子身上有些不对劲儿的地方，这让莉达很担心。她偷偷地带着小孙子去看了一个巫医婆，巫医婆说这个男孩将会是一个傻子。

或许是因为这一预判很快就得到了证实，又或许是其他什么原因，卡连再一次抛弃了妻子和孩子而自己走了。他已经不再年轻，还秃了顶，但他的眼睛长得却和自己的父亲一

1　白俄罗斯城市。——译者注

样，也是那么活泼，那么迷人。

卓娅很快就发育成熟了，她十八岁就结了婚，在一家肉类加工厂工作，这为全家的富足生活提供了保障。她很快就生下了两个孩子，都像她一样是黑眼睛和黑头发，女孩名叫伊罗奇卡，另一个是男孩，很机灵，叫伊戈列克。

莉达在索利戈尔斯克得到了一套不错的三居室公寓。她喜欢这份工作——在矿工文化之家当监督员。莉达参加了来这里巡演的苏联流行歌星的音乐会，看了明斯克歌剧院的戏剧，参加了老兵聚会，还参观了编织小组的活动和管乐队的排练，这使她想起了战争、胜利以及过世的丈夫。

卓娅和丈夫没有一起生活很久，离婚后她回到了母亲那套宽敞明亮的公寓，从那里能看到一个刚从矿井下上来的矿工形象的纪念碑。孙子们的成长经历各不相同。伊罗奇卡在学校里的学习成绩很好，在家里帮忙做家务，从来不在院子里的长凳上闲坐，当上了年纪的看院子的老人生病时，伊罗奇卡还经常去照顾他。八年级的伊戈列克与年龄比他大的男孩来往，很早就学会了抽烟，他的兜里总有钱，他的身上还总是能闻到一股酒气。莉达想要和女儿卓娅谈一谈，但是卓娅总是置之不理，沉默不语，要不然就说：“一个没有父亲的家你还想怎么样呢？”

也是母亲的卓伊卡[1]后来就完全听不进去自己母亲的话了。她一周能换上三个男人。有时候她还出去玩，带上伏特加和一些食物，与情夫一起待上几天。莉达对邻居说，卓伊卡得了淫狂症，然后就哭了起来。

伊罗奇卡中学毕业后就去了列宁格勒找费拉，费拉把她安排到会计班学习。课程结束之后，伊罗奇卡找到了一份工作，遇到了自己的爱人就结了婚，她很少回索利戈尔斯克。

那时卓伊卡已经变成了酒鬼，她驱赶母亲和儿子，有时还和她儿子一起喝酒。

筋疲力尽的莉达不止一次地被女儿殴打。莉达给自己找了一位住在隔壁房子里的老头。这位老人学识渊博，年轻时曾担任过要职，穿着整洁，会做饭，还读一些深奥的书。他是个鳏夫，很快就向莉达求了婚。

他们一共和睦相处了五年。老人起初只有一点儿不舒服，但是莉达告诉邻居，老人活不了多久了。老人的儿子回来参加葬礼，莉达拿出遗嘱给他看，于是老人的儿子什么也没带就走了。莉达自己留在公寓里，指望着能够度过平静而富足的晚年。作为曾经的前线士兵，她得到了丰厚的退休金，还种了一个菜园，把家里的经济打理得非常好。

回到索利戈尔斯克的父母家，我喜欢去拜访莉达姨妈，

---

1 对卓娅的蔑称。——译者注

来到她舒适的小厨房里。对于我来说，最好吃的东西就是她炸的土豆。莉达姨妈买好上乘的五花肉，然后将五花肉和洋葱放在一起，炒至变红，然后把切成半圆形的、名为“阿德列特塔”的白俄罗斯早熟土豆薄片放到里面。将土豆放入高温的油锅中炸，表面很快就形成酥脆的皮儿。接着盖上锅盖，调成小火。这些简单的秘诀使土豆变软，但其金棕色的酥壳又使得土豆异常美味。炸洋葱与煎肉的味道的结合散发出特殊的香味儿。莉达姨妈就这样享受着安静的快乐，煮熟了果酱，在厨房里接待朋友，还谈到了她年轻时候就已经去世了的丈夫阿尔缅。

那时卓伊卡已经完全变成了酒鬼，变得神志不清了，她的儿子时不时地把她送到精神病医院，让她在那里待上一两个月。她回来的时候面色变得红润起来，人也胖了一些，好像恢复到了完全健康的样子。那时，伊戈列克娶了一个自己从小就认识的漂亮女友为妻，但这个妻子非常刻薄，他们生了一个儿子，起了和父亲阿尔缅一样的名字。伊戈列克与年轻妻子和母亲的关系都不好，卓伊卡去精神科就诊的次数也越来越频繁。

有一次卓伊卡从医院回家里之后，突然出去找了一个男人一起喝起酒来，夜里回来就在家里耍酒疯。

一天夜里她竟然上吊自杀了。第二天早上，当莉达被叫过去的时候，她惊恐地发现女儿身上满是淤青和伤痕。伊戈列克没有给他死去的母亲做伤痕鉴定，而是用妻子的化妆品小心翼翼地将母亲身上所有的淤青和伤痕都涂抹掩盖住了。莉达没有报警，她害怕自己也会落得与卓伊卡同样的下场。

为了避免别人的闲言碎语，卓伊卡被装在一个封闭的棺材里埋葬了。

不久后，伊戈列克卖掉了公寓，带着妻子和阿尔缅去了列宁格勒。他在城市的郊区买了一个房子，然后在当地的公共汽车队里当上了司机，保障家里能有一笔额外的收入。

莉达的小儿子弗拉基米尔是全家的希望，他以优异的成绩毕业于航海学校。他虽然个子不高，但穿着海军制服的样子看起来英俊极了，假期在索利戈尔斯克时他就虏获了许多年轻女孩的芳心。但是这个军校学员却深深地爱上了邻居家的女儿，她也是来戈尔尼西克[1]度假的。他们已经打算结婚了，但决定推迟到新年前举行婚礼。沃夫卡[2]去了塞瓦斯托波尔实习。就在这短短的一段时间里，情况发生了变化。黑海舰队司令官的女儿伊娜在与学员们跳舞之后的一个月竟然怀孕了，沃夫卡只好与那个又矮又胖的姑娘结婚。

七年后，他们的婚姻走向解体。那时，邻居家的女儿已经生了一个儿子，她住在一个遥远的南部城市，很少回父母家。沃夫卡被莫名其妙转入预备役后回到母亲那里，于是他

1　乌克兰城市。——译者注

2　弗拉基米尔的小名。——译者注

开始邀请邻居家的女儿去水库打排球。

时间过得飞快，但他在母亲这里始终没能找到工作，只能靠母亲的退休金和菜园收成为生。之后，他在北方找到了一个值班员的工作。他去油田干了三个月，然后带着一兜子钱回来了。回来后他结识了很多朋友，把自己的名字改为阿尔缅，开始游戏人生，还迷上了毒品。

当钱花完了，他就问他的母亲要，当母亲的钱也花光了的时候，他开始殴打母亲，然后母亲向邻居家借钱。后来他被发现死在一所幼儿园里。母亲取出存折里的所有积蓄，送了小儿子最后一程。

小儿子被埋葬之后，莉达的大儿子来了，那时他已经结了三次婚，但看上去好像很幸福。他又有了新的孩子，过起了普通人的日子。他在一座省城里得到了一套公寓。他想说服母亲卖掉她的公寓，然后买一个和他们一起居住的房子，她可以去新房子里过冬，免得房子无人看管会被醉汉拆了当柴火。莉达没有同意，大儿子就这样离开了。过了两年，莉达八十多岁了。她叫来了大儿子，在报纸上刊登广告出售公寓。第二天就找到了买家。

他们在村子里买了房子，夏天莉达和大儿子一家在那里住，冬天她一个人住。村庄里的人很少，人们只在夏天天气热的时候才来这里。

一天夜里莉达瘫痪了，她一动不动地躺着，回想起自己的一生，想起孩子们小的时候，想起她最爱的丈夫、血腥的战争，还有在索利戈尔斯克最初的幸福时光。

她知道自己到了该离开的时候了。在旧抽屉柜的顶格抽屉里，她为自己准备好了寿衣，但没有人给她穿。

当雪开始融化的时候，卡连来探望母亲。莉达躺在屋子中间，变得很小，就像一个刚刚入睡的孩子。

童　谣

Считалочка

安娜·帕丽日斯卡娅 著
吕翠媛 李婉莹 译

安娜·帕丽日斯卡娅

Анна Парижская

安娜·帕丽日斯卡娅，俄罗斯有声读物作家，发表的主要作品有《魔力》《童谣》《爱丁堡的秘密》《塔季扬娜·彼得罗夫娜》《岛屿》等。

一个新的生命从母亲的身体分离出来，向世界展示自己的到来。产科医生切断了婴儿的脐带，将婴儿身上的血擦拭干净后，向大家宣告婴儿是一名“女婴”。

小女孩把自己的小脚伸进母亲的高跟鞋里，像拖着枷锁一样艰难地在地板上行走，穿过整个房间朝父母卧室旁边的一面大镜子走过去。

金殿上坐着沙皇、太子、国王、王子、鞋匠、裁缝，你是哪一个？快快说……

童谣[1]开始了。

父亲选择了沙皇。于是，高大且善良的父亲从金殿上走下来将小女孩托起，一边假装要咬小女孩的肚子，一边说：“我是大灰狼，我要吃掉你！”小女孩也兴奋地假装尖叫起来，巨大的高跟鞋掉在了地上，父亲把小女孩放在了椅子上，就去准备早餐了。

“丽娅列奇卡，你想吃什么？”父亲问。

这时丽娅列奇卡故意任性起来，就像母亲平时表现的那样，她说道：

1 俄罗斯的童谣是一种儿童顺口溜游戏，一般具有明显的韵律和节奏感的诗歌形式，参与者要快速在童谣中选出一个角色，并按角色进行相应的表演。——译者注

“不，我才不想吃粥呢！”

“那香肠三明治呢？”

“不吃，三明治切得太厚了。”

这时，小女孩的母亲洗完澡从楼上下来了，她的头发湿漉漉的，看起来很漂亮。父亲目不转睛地盯着母亲，当时他将切得厚厚的三明治放到了女儿的盘子里，丽娅列奇卡却感到了忧愁和孤单。

可是，在丽娅丽娅[1]五岁多的时候，父亲抛弃了母亲。从此，调皮任性、懒洋洋的母亲变成了一副披头散发、哀怨的样子。她把吓坏了的女儿安置在自己的对面坐下来，不断地喊叫着，抱怨着女儿的父亲，说出一些令她费解的话，然后放声大哭起来，丽娅列奇卡吓得一动也不敢动。为了不让母亲更加伤心，丽娅列奇卡也不敢表现出失去父亲的痛苦。

有时，她会偷偷地和父亲见上一面，她紧紧地依偎着高大威武的父亲，表现得非常乖巧温柔，希望这样能够感动父亲，渴望着父亲能够重新回到她身边。但是父亲已经有了别的女人。因此，在彼此仇视的父亲和母亲之间，在她的两个至亲之间，丽娅丽娅过得像孤儿一样，她的童年生活就这样化作了泡影。

母亲没有再婚。她花了十年时间来寻找人生的另一半，

1　丽娅列奇卡的小名——译者注

每年都会出现一个她看中的人选，可惜每年她都遇人不淑。每次她都幸灾乐祸地拿着罪证将这个坏男人赶跑，然后与她的朋友们在厨房里不停地诉说着这些不幸的爱情遭遇。

渐渐出落得身材高挑的丽娅丽娅也积极地加入母亲与朋友们的这些话题的讨论之中。在烟雾弥漫的小厨房里，她们不断地数落着、比较着男人们，彼此交流着经验，互相出着主意，还不停地责骂着她们身边出现的各类男人。十六岁之前，丽娅丽娅就从别人不成功的爱情经历中获得了很多对于男人的既爱又恨的矛盾性认识。十七岁那年，有一天她洗完澡，头发湿漉漉的，看起来非常漂亮，她来到了自己的“白马王子”身边，得意地观察着这个身材魁梧的小伙子在被她的美貌征服之后是如何扑倒她并强行与她发生性关系的。

渐渐地，丽娅丽娅变成了一位经验丰富的男人的“驯兽员”，她勇敢地进入了卧室内的“斗兽场”，脱下来的衣服就像驯兽的鞭子一样，让野兽本能地听从她的指挥，就连当地最臭名昭著的壮汉也拜倒在她的石榴裙下。

有时这些男人也会陪伴她玩那种关于沙皇、太子、国王、王子、鞋匠、裁缝的童谣游戏，她又能重新回味到童年时的快乐，可没有人会长时间地留下来陪伴她。每次短暂的快乐之后，丽娅丽娅又会变得忧愁和孤独。但是有一天，有一群演员来到了这个城市。

他们在城市的中心广场上搭起了棚子，丽娅列奇卡路过他们的棚子时，顺便往里面看了一眼。里面有一些身材魁梧的人在干活儿，他们在拉绳子，安装聚光灯，还说着她听不明白的话。

有一个小伙子朝丽娅列奇卡微笑了一下，并把绳索递给了她。她抓住了，没有人知道她是如何成为剧团里的主演的。丽娅列奇卡跟着剧团离开了这里，从此再也没有人在这座城市里见过她。